宋琳
诗选

常春藤诗丛

华东师范大学卷

宋琳 主编

宋琳 著

陕西新华出版传媒集团

太白文艺出版社

图书在版编目（ＣＩＰ）数据

宋琳诗选 / 宋琳著 . -- 西安 ：太白文艺出版社 , 2019. 1

（常春藤诗丛 . 华东师范大学卷）

ISBN 978-7-5513-1671-2

Ⅰ . ①宋… Ⅱ . ①宋… Ⅲ . ①诗集－中国－当代 Ⅳ . ① I 227

中国版本图书馆 CIP 数据核字 (2019) 第 024719 号

宋 琳 诗 选

SONG LIN SHIXUAN

作　　者	宋琳
责任编辑	张笛
封面设计	不绿不蓝 杨西霞
版式设计	刘戈
出版发行	陕西新华出版传媒集团
	太 白 文 艺 出 版 社
经　　销	新华书店
印　　刷	北京彩虹伟业印刷有限公司
开　　本	787 毫米 ×1092 毫米　1/32
字　　数	83 千
印　　张	7.5
版　　次	2019 年 1 月第 1 版
书　　号	978-7-5513-1671-2
定　　价	45.00 元

如有印装质量问题，可寄出版社印制部调换

联系电话：029-81206800

出版社地址：西安市曲江新区登高路 1388 号（邮编：710061）

营销中心电话：029-87277748　029-87217872

心灵城邦的信使
——《常春藤诗丛·华东师范大学卷》序言

　　每场革命，最初都是一个人心灵里的一种思想，一旦同一种思想在另一个人的心灵里出现，那对于这个时代就至关重要了。

——爱默生

一

　　20世纪80年代的大学生诗歌运动属于广义上的"第三代"诗歌运动，是以朦胧诗为代表的地下诗歌运动的余续。其规模大大超越了朦胧诗，并将朦胧诗的影响从理念扩大到日常生活和写作行为中去，就精神的自足、语言实验的勇气与活力来看，或可称之为一场学院"诗界革命"。梁启超曾说："过渡时代必有革命。然革命者当革其精神，非革其形式"（《饮冰室诗话》）。可这一次革命却是从精神开始,而归结于形式的。每个诗人的成长与他的阅读史是相伴随的,一首诗的力量——如雨果所说——可以超越一支军队,如果我们从心灵征服的角度去理解的话,就可以不去管浪漫主义信条是否依然有效。事实上,课堂上讲授的普希金与私底下交换的现代诗歌读物是交互作用于年轻学子的感受力的。顾城的《一代人》只有两句:"黑夜给了我黑色的眼睛,我却用它寻找光明。"这种警句式的表达未脱浪漫主义的调子,却成为我们寻找现代性的宣言。

反思 20 世纪 80 年代的精神气质和个人学习写诗的历程,我们自然会将地理空间对心灵的投射作用与一首诗的销魂效果联系起来。上海,中国最都市化的城市,具备构成现代性的一切因素。它混杂着殖民时代的摩天大楼、花园洋房和棚户区。黄浦江上巨轮与冒着黑烟的机帆船交错行驶。它的街道风貌中既有石库门的市井风俗画、梦游般的人群,又有琳琅满目的橱窗的奢华镜廊,无轨电车与自行车流的活动影像一掠而过。尽管经过社会主义工业化的改造,昔日租界那"万国"风格的办公楼与住宅区大都幸存了下来,丁香花园的洋气与豫园的老派相对峙,连空气也混合着冰激凌、啤酒、江水和工厂的化学气味。华东师大校园紧邻苏州河——工业污染使它变成了死水，它与另一个近邻长风公园的秀美形成巨大的反差，这些都成为城市焦虑症的源头，本雅明所谓"震惊经验"的上海版。"中国是有都市而没有描写都市的文学，或是描写了都市而没有采取了适合这种描写的手法"（杜衡：《关于穆时英的创作》），20世纪30年代初如此，80年代初亦如此，上海的校园诗人在学徒期已感觉到这个问题。

夏雨诗社成立于1982年5月，早期主要成员是1978、1979和1980级中文系学生。策划地是被我们戏称为"巴士底狱"的第一学生宿舍，灰色的三层回字形楼房，这栋建筑是民国时期大夏大学的旧址。某个春夜，我们开始了紧张的筹备。张贴征稿启事，给名流写信，请校长题词，打字，画插图，油印。5月下旬，《夏雨岛》创刊号就这么诞生了。如果说夏雨诗社有自己的传统，那么可以追溯到辛笛写于20世纪三四十年代的诗，他的为人也堪称我们的师表。另一位有重要影响的是施蛰存先生，他是中文系的教授，有关他和《现代》杂志的关系、"第三种人"文学观的争论、他与戴望舒的友谊，尤其是他写志怪和色情的极具现代感的小说，都使他成为上海传奇的一部分，成为我个人的文学英雄。向两位先生的请益，打开了我的视野。施蛰存的《关于"现代派"一席谈》是在夏雨诗社成立后不久的 1983 年写的，在文中他提醒年轻人，现代观念早在五十年前就有了，"不是什么新发现"，因此"在创作中单纯追求某些外来的形式，这是没出息的"。如何避免重复上一代人，或再次错过某种与传统接续的契机？在检视我自己以及一些夏雨同人早期习作时，我既怀念青春的纯洁与激情，又不免为文化断裂所导致的盲目而感慨"诗教"的不足。"失去的秘密多得像创新"——理解曼德尔斯塔姆这句话的反讽意味，需要多么漫长的砥砺呀！

二

快速吸收、快速转换似乎是青春写作的一个特点，在主体性未完全建立以前，模仿和趋时的痕迹是明显的。学生腔、自我陶醉、为文而造情这些通病使大量的文本失效，在时间的严酷法则下，经得住淘汰的诗作已属凤毛麟角。或许只有诗人的"第二自我"能够立于不败之地，确保出于热爱的摸索没有白费——那时我们都很虔诚。

　　结社本身在价值取向和实践方面必将体现一个时期或一个地域的文化征候，一个社团往往就是一个趣味共同体，相互激发和讲究品鉴，使代代文人共同参与并创造了知音神话。"真诗在民间"意味着文化的原创性是由民间社会提供的，其中社团的运动是保证原创性的活力得以持续的基础。夏雨诗社作为高校学生社团之一，所以能从中产生出优秀的、有全国影响力的诗人，自发性是至为关键的，没有自发性就不可能保障个性的发挥，也就没有诗歌民主。薇依曾说："思想观念的群体比起或多或少带有领导性的社会各界来，更不像是群体"（《扎根：人类责任宣言绪论》）。夏雨诗社的组织形式不同于利益群体，虽然没有流派宣言，它亦接近于诗歌观念的群体。一首诗的传播有大语境的因素，但是在诗歌圈子的小语境中，一首诗一旦被接受，就是一个不小的事件。如艾略特所说："它调整了固有的次序。"

　　相对于徐芳、郑洁诗中的淑女气质，张小波、于荣健，还应加上张文质，却着迷于惠特曼或海明威的野性。张小波的《钢铁启示录》、于荣健的《我们这星球上的男子汉》和张文质的《啊，正午》写出时，四川的"莽

5

汉主义"诗派还没有创立。狂放、一定比例的"粗鄙度"（朱大可在《城市人》诗合集序言《焦灼的一代与城市梦》中发明了这个术语）、崇尚力之美、将词语肉身化、并赋予原始欲望以公开的形式——单纯得令人不适，或相反，鄙夷公众趣味令人咋舌。

色情是唯美主义偏爱的主题，施蛰存在20世纪30年代就写过《小艳诗》，在旺秀才丹的诗中我们惊讶地发现某种香而软的质感复现了："我从圆锥的底部往上看／我看到几只玻璃瓶静立在那里／美丽的女郎站在它们旁边／用柔和的灯光擦洗身子／最隐蔽处／两只雄蟹轻嗑瓜子／急速地吐皮／喷烟／从最隐蔽处往外窥视"（《咖啡馆里》）。他或许受到波德莱尔的影响。早在1983年，《夏雨岛》第四期就通过石达平的论文《李贺与波德莱尔的诗歌》披露了钱春绮先生翻译，尚未结集出版的波氏诗歌片段。

诗歌成为某种生活方式在夏雨诗人的交往中留下了不少趣闻，那是一个诗歌和友谊的话题，混合着机趣、荒唐、幻想和空虚，似乎证明了王尔德的理念：生活是对艺术的模仿。谁有才华谁就可能成为我的朋友，不管他有多邋遢、多不懂世故。愿意"在龌龊场龌龊个够"（奥登语）是个人的事，但写诗需要天赋，也需要同伴的刺激、竞争和反馈，在这件事情上我们都是严肃的。我们的盲流风（或波希米亚风）后来传染给了更年轻的一代。我可以开出一列长长的名字，这里只能从略。"诗可以群"，"诗人皆兄弟姐妹"，我们的自我教育若没有诗歌将会怎样呢？或者说诗歌没有整体文化的宽容能否自然生长？能否转化为全社会的财富？原创性的危机正是全社会的危机，不是别的。

在夏雨诗社存在的十一年（1982—1993）里，陆续自印出刊《夏雨岛》十五期、《归宿》四期、《盲流》一期，编有诗选《蔚蓝的我们》和《再生》（原名《寂灭》），诗人自印的个人集不包括其中。这个清单大体可以体现历届诗社成员的集体劳动，我主观地希望，"复活"后的新夏雨诗社的年轻一代愿意视之为一笔小小的精神遗产。迄今为止，夏雨诗社为当代诗坛贡献了几位有分量的诗人，从这个"流动的飨宴"出来后，他们没有放弃写作，没有被流俗的漩涡裹挟，尤其是社会向市场经济转型所造成的人文领域巨大的落差没有夺走他们捍卫诗歌的勇气，这些都成就了汉语的光荣。

三

夏雨诗社在1993年停办是有象征性的，20世纪80年代的金黄已远逝，接下来是碎镜里的水银。客观性、现实感、稳定和细微的经验叙事代替了单纯抒情。诗人应该建立起什么样的信念成为一个需要迫切面对的问题。最后几批在校的夏雨诗人，如旺秀才丹、马利军、陆晓东、余弦、周熙、陈喆、江南春、丁勇等都在写作中寻找精神突围的可能性。历史大事件、真实的而非想象的死亡拷问着良知，尽管诗篇还不足以承载现实的重负，"诗人何为"的意识似乎已经觉醒。

一些已经毕业或离校的诗人各自经历着写作中的孤独净化，以某种向心灵城邦致敬的方式相互呼应。马铃薯兄弟（于奎潮）的《6月某日》写得克制，诗中的观察者对自己把肉眼看到的、擦过天空的鸽子"当作欢欣的事情"感到自责：

生命匆忙
像造机器一样
造爱

只有这些生灵

在天上不安

一个闲人在窗前

无言

　　意识到言说的困难既来自外部也来自内部，写作的策略必须及时调整。20世纪80年代中后期夏雨诗风中最显著的自渎性的身体反叛，与西方后现代主义的出发点不谋而合，根据伊格尔顿的观点，"身体变成了后现代思想关注最多的事物之一"（《后现代主义的幻象》）。1989年以后，虽然娱乐业兴盛，身体却失去了狂欢性，像被动句式代替了主动句式一般，"一个含糊不清的客体塞进了肉体的客体"（同上）。"造爱"也沦落为与爱欲无关的机械制作过程，在此类伪装的陈述中，某种寓言结构和新的含混出现了。在黑暗中守灵的形象在张文质的诗中一直若隐若现，历史哀悼与个体危机的救赎主题相交织，使他的咏叹时断时续，凄婉的声调中跃出某个句子，令人猝不及防。《已经两天，我等待着在我的笔端出现一个字》这首诗就传递了转型期的苦闷、无助和寻求信仰的隐秘心迹：

今夜我在一个古怪的梦中，看见断头台落下来的刀片在离自己脖子仅有三寸的滑道上卡住了。又一次我听见生命的低语，宽大的芭蕉叶静静地翻卷起来。

这里我们既可听见卡夫卡，也可听见荷尔德林的回声，它将"哪里有危险，拯救也在哪里发生"以卡夫卡的方式隐喻化了。任何人都没有权利对一个梦强行索解，何况"断头台"与"芭蕉叶"在现实中根本就难以并置。诗中主体的坠落感还可从"必须有一个字撑住不断下陷的房屋"获得，诗人强烈地感受到写作与现实、词与物、灵魂与肉体的脱节。个人价值观与时代的总体趋向不可通约甚至相抵牾，区隔不可避免地发生了，写作只有在质疑中才有可能重获意义，此时除了终极事物，没有别的可参照的文本。"必须有一个字"成为安顿一切的基础，否则精神就无所凭依。从形式游戏向内心生活的还原是一个严肃而艰难的抢救工程，文本的殊异性造成阅读的不适和晕眩感，有时是隐微技艺使然，有时则是经验读者处于同陌生语境绝缘的状态。

吕约的诗往往运用中性词汇和精巧的反讽处理严肃的题材，她似乎不喜柔弱，偏爱尖锐而智性的幽默。《诗歌不知道自己已经死了》将一场"诗歌国葬"安排在高尔夫球场，为了制造出一种间离效果：

> 葬礼上，一个孩子发现它的眼睛还在眼皮下转动
> 但它捐出了自己的眼角膜
> 所以它将永远看不见自己的死亡

你可能会将这首诗的构思与从"上帝死了"到"作者死了"那个语义链联系起来，但我觉得它的形式更接近卡夫卡寓言。诗歌并没有死，它只是成了双重的盲人。

了解真相的人，因不能说出而受苦，这与那些将诗歌当作生活调料或故作轻松的态度是多么不同，而与市侩则有着天壤之别。我想再次引用薇依的话："我们的现实生活四分之三以上是由想象和虚构组成的。同善与恶的实际接触寥寥可数"（《重负与神恩》）。正因如此，大多数人的沉默是可以得到宽恕的，唯独诗人在关键时刻对真诚的背叛应视为可耻。

诗中的"我"并非现实中的真实受难者肖像，而是高于自我的另一个。他被孤独无助的人们所注视，他或是本雅明的历史天使，或是传说中的得道神仙，或是终

极者，你可以用想象去延伸和补充，只要不是出于谵妄就行。但或许最重要的、值得我们铭记的事情是：有一个可将"真实的秘密"相交托的"讲故事的人"，那故事如鲁迅所希望，将是一个"好的故事"，因为"发生的一切都将是神的赐予"（荷尔德林）。

宋琳

2018 年

目录

辑一

城市诗（1986—1991）

辑二

异域诗（1992—2004）

辑三

杂诗（2005—2014）

辑四

隐逸诗与时事诗（2015—2018）

辑一

城市诗（1986—1991）

去年某晚，有人看见一只狐狸在威斯敏斯特桥上望着大本钟

最好是一场大雪堵住电梯

侍者用竹竿戳冰块上的窟窿

胡须冒着热气

最好我正在进晚餐

刀叉乒乒乓乓

埋怨我对面的空座位

靠河的窗口像另外的场合里

多次碰上的完整情节

简直是巧安排啊

侍者端给我一盘龙须面

又红着鼻子去指挥他的碗碟

1986 年

到白洞附近走走

到白洞去，到宇宙城的中心走走
悄悄溜出门，步行或乘一辆慢车
比背信者可亲的狗沿街狂吠
在那里，肉眼够不着的去处
造物主玩弄一只扁平的矮星
白光暴露他手掌上的死色
我们的胆囊冻成冰
一闭上眼就能看见末日的奇景
脑门的上空蓝得可怕
我们踏上去，身体被吸入
又被抛出来，有如一节节鱼雷
向地球的反面飞去
热的风，使你神魂飘荡的风
托住天马的翅膀和我们被剥光的衣服
无目的地游入空门

把人的气味留在天外

在上帝至福的温床繁殖生灵

亵渎的使者，结束这恐怖的游戏吧

我们想回故乡去

欢呼的人，脚插进太平洋

在火山口，树扭成野兽

嘴里的腥膻飘满城市，飘啊飘啊

人四肢无力

1986 年 6 月 3 日

向深处的逃亡

贝叶划过房屋，有如灰烬浮动
看我把它轻轻振落
四面墙壁交缠在一起
如果床置于其中
就可以看到影子向远处退去

什么样的安排使浮出水面的鱼
记不住自己的面容？我想起
人的由来以及人眼中浸泡的盐

一定有另外的东西
更多跟踪者的脸，在房屋背面
像刀光一闪。石头关闭器官，待在路旁
无言而孤单。我从那里摸索进来
抱着受伤的膝盖

感受着阵阵气息的骚扰

而这时窗帘已经落下
遮蔽起一天中遇到的每一件事情
月光中，电线杆收容着暗中的动静
我在睡眠中伸出的手
将一个意念紧抓不放

1986 年 7 月 6 日

保罗·克利在植物剧场

我们需要休息
让植物娱乐的剧场就在附近
警察远离了番茄

在鱼背上歌唱或扭头看走下楼梯的面具
木瓜住在海边
苦瓜到处流浪
无论谁都绕到镜子后面去

萝卜们脱光衣服
表演魔术

保罗·克利刚洗过澡
在星期天的午后醒来
劳动的神圣权力靠在椅背上

红色向纵深旅行

人远远望着街心，墓地的三个箭头

影子发白

这是少有的风景

咒语咬住

剧场中心的苹果树

宇宙的高处落下灰尘

山冈在海面迅速壮大

鸟回到老家

保罗·克利从下午忙碌到黄昏

孤独的鼻孔沉寂下来

眼镜在铁门外的草丛中

随时准备腐烂

1987 年 3 月 9 日

9

秃鹰飞过城市

秃鹰在夜里飞过城市
这只是一条消息
人们翘起下巴
整个白天都在下巴上做各种准备
想象他的模样
那翅膀好大，左边是受过伤的
扎着绷带
长胡子的秃鹰，属于男性
喉结突出
上年纪的人从百年老屋出来
说这是难遇的瑞兆
英雄就要回来
节目主持人公布了惊人的预言
整座城为之疯狂
女人喝多了酒，说些难得的下流话
儿童老气横秋，把手背在身后

装着什么也没有发生

后来天黑了，我起来小便

感到有些艰难

我从耳朵里探出半个脑袋

听说有关坠机的谣传已经证实

秃鹰带着枪伤飞行

比任何目的飞得更远

听说打伤它的人受了惩罚

群众向他唾唾沫

将他关进笼子展览

我夹在高大的人群中

挨了不少愤怒的拳头

我的喊声蚂蚁一般塞满自己的嘴巴

我想呕吐

后来就到了车站

就吵了起来

有人建议必须请秃鹰出面

这只是一条消息

秃鹰在夜里飞过城市

1986 年

没有过的荣幸

我吃多汁的水果

吃盘子里的静物，直到

饱满的、乳头状的

挂在窗外的星星

转瞬之间沉入白昼的胃里

有人从园子那边走来

手拿锯条

仿佛是来赴约的。我想

已经很久没有这样的荣幸

必须把自我的枝节清理一番

刷刷牙齿

磨亮脸和鞋底

然后离开

乘地铁穿过城市

很多人等在车站，拖儿带女

逃难的行囊堆积如山

我靠在自己肩上

好让思想稳定

这是初秋的早晨

我想干点事情

很快又被某条定律推翻

你无法将锯条和自我联系起来

1986 年 9 月 18 日　北京

垂钓

桥的胯下，它的长烟卷，
被落日的余烬点燃。

———摘自旧作

我在安静的时辰悠闲作业
鱼钩从别人的眼睛探进我的身体测量水深
风景凌乱不堪
呈现十来种色彩

上升着人与狗的柏油路面嘎嘎而叫
黑色大鸟看起来比我更高深
水涌动，从我的皮肤下
甜蜜流向城市的腹地

那里有一些树
奇怪地模仿我垂钓

一排二十世纪的拖轮走过河面
影子长长，使我的手臂徒劳
外省水手，狡狯的眼睛陷入脑中
手捧一副牙骨
我想像被绑架的鱼那样
具备忍耐的品质

亲爱的，我已为你带来健康的消息
玫瑰从桌上拿开
桌子仍然存在
我高兴成为一件被拥有的东西
坐在身体中，看浮标移动

城市弯曲的河岸上我是唯一的垂钓者
每日出去，交不多的好运
偶尔拎回两只翻白眼的鞋子
我也会笑笑
明天你曾为我出现，我在昨天等你再来

1986 年

15

无题

每个房间的木板上安置的男女

就是人类最近的风光

这刑具非常古老

忠实目击了上演的一幕幕旧戏

轮到我来敲房间的门

一切都换了模样

但我肯定刻得更深

刀锋一闪，我听见木板的一声惨叫

随后就有人沉重地扑倒

上午他还跟我下棋

我赢了（我为什么赢了？）

棋子在我们中间走了若干年头

这畜生咬了我一口

我再也听不见木板的任何动静

1986 年

露天餐馆的棕榈

你说那些影子在相互撕咬
假如我从这里走开
你会以为是一种失败
那里没有棕榈。玻璃上影子晃动
我刚举起杯子就听见背后的骂声
瘦小的人站着，面对屋顶的逼迫
更多的人从这里逃走
我回到座椅上，我必须顶住
谩骂。当某种东西向你俯冲
我必须用一个手势阻挡
不让你的惊恐落入杯中

1986 年

一只普通的邮包要回老家

老爷山和更远的山中

我的土族兄弟死于一个土坛

如同梦中翻身的鱼

听见洪水

他的头发蒙住了走过天空的月亮

人群也寂静了

松明像落满灰尘的睫毛

我的土族兄弟在关键的时刻逃亡

比任何一只獾跑得更快

被他追赶过的树

一路为他辟邪

而那只盛水的木桶

再也记不清他过去的面容

我兄弟的尸灰安放在我的座位底下

一个普通的邮包

要回老家

这一列火车去向不明

只有坐在原处的山合起手掌

用鸟毛呼唤着前方的雨

头朝北，脚朝东

意念朝西

梨形的土坛闭起那只独眼

想起多年前一次悠闲的散步

新超现实主义的同谋

坐在空中，我们的光脚就更亮了
烟头像子弹在头顶呼啸
我们是第一批到达的人
第二批还集结在路上
侠客提着凶手的面具

那里是我们的展览厅
死亡的秘密出口
飘荡苹果的香气
天才躺在毒品种植园里
在那里，我们的叫卖声压倒一切
我们的身体干巴巴

就这样，城市灰蒙蒙如火炭
一条街道烧死一名诗人

我们逃出医院就更疯了
谁是大师？谁是乞讨的手？
哪一首伟大的诗把我灌醉？

我们戴着所罗门王的头盔
转眼又成了一群狒狒
为明日愁容收拾一身多余的卷毛
刀光反照在整个鼻梁
行走的机器人掉下一滴眼泪

家园死去不会再复活
少年奔走在监狱的墙下
我们就是想象中的大监狱
身体上的铁窗一旦推开
垃圾就哗啦啦飞满天空

1988 年 8 月 2 日

恐惧

一次静坐，这深渊的大裂口

在我们之间。谁能拒绝第三个人

从黑暗中跑来？你躺在沙发上

一匹布裹住下身。某物啸叫如黑暗

你命令它走开，你命令岩石

移到一幅画之外。遗忘

就是这样开始的：平躺或侧卧

总之必须把自己平放

计划一次郊游或选定一个结婚日期

哪一种逃跑保证不会头晕？

儿童般急切，赌徒般面红耳赤

（我们究竟输给了谁？）

从四马路开始的夜游

被死胡同的绳索打上了结

这呻吟是一口井发出的

我们永难料想。赶赴一次劫难
就错过一场宴席。你睁开眼
你耽于对未来的种种幻想
但你免不了有一天变得陈旧

1988 年 9 月 12 日

旺季

在旺季，我不分昼夜辛勤工作
在其余的季节中我死去
穿梭于一个人和另一个人的心脏
每一朵花都将死去一回
每一种黑暗都将返回自身的光辉
这份差事由我来干到底

无人与我分担寂寞
当万念俱灰，火在远空燃烧
无人钟爱沉醉的杧果
看它蓄满夏天的泪水坠落
这期间地球的轻微震动
影响了一颗乳牙的成长

旺季在四季之外，停靠思想与作坊

我的天空大过这一个天空
那匆匆的、凝神的、诡秘的人
仿佛被收集在一本旧相册里
孤独的农夫把一只鸟埋葬
他是收集光芒的人
是卑微的小麦和大麦
种子的寓言比黄金更高贵

我的桌上那一层层纸的火焰
微风将我吹成它们的形状
文字是比坟墓靠得住的居所
我的灵魂是一只蜘蛛
在世界的隔壁吐故纳新
跳舞吧，你这黑精灵
露出你惊世骇俗的脚吧

当未完成的被扼杀在咽喉里
一个诗人卧轨的消息
在幸存者的心头放上一颗铅
最普遍的法则教育我

留下来，像一名耳聋的铁路工
看一节节灾难的车厢退去
看零星的翅膀拒绝着下沉

旺季里，多少人被幸福耽延
离死亡最近的对死亡最无知
它们是我周围的雾，睡在河床上的石头
我张开的嘴喑哑在呼喊的欲望中
我不能如此喑哑下去

1989 年

写给查的猜谜诗

在比记忆更深的地方潜行
被大海举起来，这些飞翔的刀
逃过了多少劫数？

探照灯。那些站立不动的
那些成功偷渡的
被扫射的桥梁和灯塔
你的自由

太平洋横在我们之间
不提供给我比礁石更多的孤寂
鱼腹宁静如漂流瓶
我阅读一封寄不出的信
像日子的受贿者

我点数日子

把它刻在墙上

一条条鱼——

你的和我的暗号

乖巧又狂热

无人知道的我也不会知道

凶手是否留胡子？

你是否刚出门？

但愤怒的天光熄灭之前

我合十的手掌知道

你已幸存

1989 年 10 月 17 日

旧金山地震日

老虎

难以企及，一只铁笼外的老虎
迈着轻盈的、无所谓的步伐
这畜生向着整个宇宙低吼

星际的重量压在它的眉骨
想将它粉碎，但谁又能扑灭
它眼睛里喷出的火？

黄金条纹的闪电曾撕裂我们的梦
记忆却从未将它的特征复原
这不可挽回的损失让我们受苦

是什么派遣厌烦到它的脑中
野蛮的力从下颚向着四肢扩散
心脏的闹钟随时等待着一次发作

我们从未拥有一只真实的老虎
在幻觉里，我们靠它的血活着
难以企及，一只铁笼外的老虎

1989 年 12 月 31 日

火焰和真理的私生子
——纪念海子

> 属灵的不在前，属血气的在前，
> 然后才有属灵的。
>
> ——《哥林多前书》

只有你，火焰和真理的私生子
提着头颅的马灯
访遍了人世的灾难

土地崩陷，你不得不走在天空
像一只上帝的鞋子
横穿北方辽阔的草原
把内心的仇人流放到诗歌中
你是背时的祭司
走在战争之外的伤兵，带着记忆的伤痛
并为那尚未降世的众生祈祷

雨后的草原和雪山

响彻清脆的马蹄声

只有你，披着闪电的破衣裳

孤独进入"世界之夜半"

打开一道小缝的门从此关上

1990 年

祭坛之瓮

天空依然威严而缄默，拒绝着接近
我找不到梯子，在空洞的深蓝中
找不到可以凭借的东西

"什么？"我问。声音的羽毛
仿佛出现了方向，但我只涌出一些水泡
我在下沉，淹没于自己

我曾仰望，怀抱少年时代的一口瓮
那祭坛之瓮，是我用方言说出的圣物
我幻想过用它容纳天空

一个路人，一个行乞者和跟随福音的人
匆匆而过，没有留下面容
只留下一句简单的问候——"大地你好！"

像声声雁叫。隔着河岸我侧耳细听
云朵的声音投在水上
眼泪的声音在火里熄灭

而春雷在天外的沉默是为听不见
设置的倾听，接下来才是更深的寂静
我带着自己在红墙外跑了一阵

当闪电的蓝衣裳拖在河面上
我为之战栗！我不堪一击
像一个机缘突然终止

我是搜寻还是丈量？是无声言辞的
第几次转述？怀抱少年时代的
一口瓮，我可曾有过故乡？

告诉裹在风中的、做梦的和怀念的人
告诉他们那荡然无存的一切吧
那痛苦的爱情消失的地方

从每一条眺望的路，从每一双

流连的眼睛里堆积的尘埃

从火的门楣的高处，恐惧正逼过来

1990 年 4 月 5 日　清明

马丁过桥

建筑着尸体、文字和哭声的桥

我熟悉的哲人、通灵者

一代代生活在幻象中的疯子

在桥中心克制住呼吸

长虹的影子已投在黑暗上面

匆匆的步履更加无声

当我走上这座桥

少数行人中我看见马丁

一个老人，头发如灰色瀑布

且带着摇篮的痕迹

他停下脚步听，那边

无中生有的音乐正响起

某个星座上，神人在合奏

歌咏队和柏树并立环形山

而下面，人群在兽群中漂浮

在恐惧的灯芯草中沉沦

马丁短暂停留之后继续前行

我目送着他，直到星光

将他从桥的那一头接走

1991 年

神圣罪人

晚霞焚烧着圣贤的亡灵书

头露出头的山丘和一架断头台

罪人说："让我自己来结束这一切！"

这并非意味着他勇敢，相反

他有着兔子的怯懦和耻辱

当他走上一步，心在颤抖

意念中的王座开始摇晃

——终于崩塌下来

他一生建造的整个天堂顷刻瓦解

而道具的绳索却货真价实

要绞死他大脑剖面上的一只老虎

要看个究竟：他内部的支撑物

那里什么也没有，只有空虚

连他的眼睛最后摄入的

也是写在大地上的古老箴言：

"风雨如晦，鸡鸣不已。"

1990 年

39

以诗歌为粮食或以眼泪

事故网住迟钝的鸟和人
在命运盲目的无地
无辜的春夏，拳头高喊赦免
群山如坦克隆隆作响

真相逼问我，我无言以对
造物者，假如我请求
大地与我同行
墓葬会是我唯一的地址？

乌鸦，恶的使者，穿上黑制服
命令喜鹊的蓝色舰队退出
而死亡是否也决定退出
春天的一小块禁区

留下大面积的黑暗给我们？

只有树根紧紧抓住了悲痛

只有拒绝的树根在用力

捧出枝条上的眼泪

车厢

一闪而过，美景消逝

迎接南方岛屿上的向日葵

我仿佛坐在空中

飞行在季节和日月星辰之间

春天的噩耗，像我所爱的敌人

总是带来意想不到的审判

逃亡的大陆按捺不住隐隐的激动

有多少人？在远处村庄的橡树下

这些鸟的骨头，鲜花的刺，一闪而过

有什么特别值得一提的事件

像一匹烈日下的黑马

从记忆里追赶而上？

越过车厢我看见它，这唯一

不向后退去的景物，一闪而过

1991 年 5 月 19 日

客次

向着北方，穿行在四月
泥土的村庄，樱花在示威
黄河远眺着渤海

寂静的原野，坟堆连着坟堆
白桦林里，马车载着黄昏
奔驰而出，从一座地下城

我的手边，竖排的
《马尔特手记》横卧
字的眼睛被星光囚禁

英雄已长眠
燕赵之地再无悲歌
我的心是一片沙漠

列车缓缓向着夜晚停靠

我混迹于盲流中

记忆带着我去拜访一个死者

1991 年 4 月 11 日

捍卫沉默

从滚铁环的孩子身上，我学习通灵术
让日常生活的神秘彰显奇迹
或许我终将通晓古往今来的伟大诗体
倘若滚铁环也不被允许
我会坐在孩子们中间，捍卫沉默

1991 年 5 月 29 日

45

辑二

异域诗（1992—2004）

我爱生活在陌生人中间

既不能排除鸟的电波的干扰
也不能迫使一块石头成为听众
我跃居其上
成为自己的主宰

我该怎样向你描述欢乐
急转直下的大冰
这是我在遗忘的边境的一次游历
没有喝下持盾巨人星的眼睛
披发独坐
我安然渡入它浩瀚无际的脸

钢铁铸就这个夜晚

钢铁铸就这个密不透风的夜晚
我们与大海在吃水线上隔离
一张呼吸的网用血液织成
罩住我们和死者的睡眠

月亮的锚生了锈，缓缓升起
我们的床铺满盐而不是鲜花，倾斜如甲板
星宿压着心脏，它几乎已爆裂
失去吨位的房子和我们一道下沉

1992 年

魔术师的房子

房子上面的房子

我穿过下面的到达上面

红色楼梯，屋顶海一般荡漾

像数码被某种运算繁殖出来

我进入其中的一间

这里除了一柄剑在时间的酷刑下变钝

其他一切都还未露面

清晨，朦胧雾气漫过物体时魔咒般的抑扬格

田野，休耕期的无拘无束和待修整状态

一切都像数码一样，不多不少

在被削减的视野里码在一起

邀请我进入的并非魔术师一人

他的隔壁，一只蜘蛛以死亡的加速度

努力工作着，它的理想是：

网住窗外那朵游移不定的云

它发明的是一套隐身术原理：

从规定的游戏不断逃走

不留下破绽，远远地"避开牧师们"

1992 年

最初的诗和毁灭的诗

最初的诗是黑眼瞳的诗
是人在风中行走，水手划桨的动作
是岩石内部的海剩下的无垠

最初的诗在躯体张开的一瞬
看见城堡，瘦成叉子的人
鸟鸣深入黑夜的脑髓扩散悲哀

事物的疲倦也是英雄的疲倦
时间驾驭并行不悖的双行体
一把古琴飞向大海的屋顶

最初的诗是永不变化的诗
流放在记忆里，像大自然的河流
波动，永无假期；像贫穷的鼻子

触到了女神战袍上的香气

有一个邮递员懂得两种语言

不同的消息在同一个世界传送

随后出现的是毁灭的诗

玻璃塔和乌鸦的诗

天空的唱机找不到磁针

吸尘器在吸尘，心灵晦涩

当最初的诗朝未来的这边眺望

毁灭的诗像舌头失去了味觉

1992 年

书简片段
——致长兄

我继续着日常性的出神
我的体内仿佛有十二个水手在操桨
但我看不见岸
猫踩着柔软的步子
它无意识的鼻子比夜更冰凉
你白昼的巢穴是否仍是风雨飘摇？
我想着你的肾，你的宝藏
它是否经得住又一轮台风的袭击？

今天，我预感到有你的信
打开信箱前，我想你该猜得到
那是我的特洛伊木马
果然，你没让我失望
《养育时光》，厚厚的一叠
油墨闻起来是橄榄的味道

啊，今天我将快乐一整天！

我推着婴儿车穿街走巷

在公园一角的长椅上坐下来

读。在诗句的循环之流的花底听你的呼吸

那呼吸伴着你在病床上的呻吟

多奢侈！你那虚弱的肾养育的珍珠

捧在我的手上，像渗出你

额头的汗滴一样闪亮

孩子们在玩沙。一颗橡实

不知哪个秋天扔下的漂流瓶

从沙堆里被挖了出来

转折

结束了与死亡的周旋

莫测高深的文字游戏

以及年轻时代的谵妄

生活拷问着诗

历史——这缓慢的巨兽

突然变得迅猛异常

一只角抵住你

逼迫你交出孤绝的诗篇

1994 年 1 月

中世纪博物馆

烛光昏暗，塔的内壁潮湿

这些支架像马，曾经向天嘶鸣

蒸馏瓶咝咝作响

独角兽嗅着花园的泥土

身披冷月的提花布

一摞摞神秘抄本

座钟在壁炉上方伸出舌头

绿色的夜，窗开向闪电堆积成岛屿的海

异想天开的额头，像狩猎归来的

末代国王发明的铡刀发着光

要经历多少里程的跋涉才能来到此地？

它是糊墙纸上的装饰物

还是在贵妇明媚的圆帐前

殷勤伺候的动物骑士？

独角兽，因爱而受伤的野兽
走遍大地将她寻找

冷冬与罂粟在你的床头开放
仿佛一对相互仇视的姐妹
在垂暮之年走向了和解
你越衰老就越痴迷，戴着卍字符
透过窥孔追逐流星的残躯
给贫血的月亮注射针剂

水银在上升
你从宽袖中取出试管，用它吹奏
不合群的冥王星的音调——
在独角兽高贵的角上
一个痛苦的思想正在呻吟

1994 年

面模

现在，这头颅已安息。在紫光中
颅骨长久凝视的目光流溢室内
这无与伦比的模拟攫住我们的轻叹
他最后的时辰有过一番挣扎与搏斗
为了抗拒睡眠的运动
直到灯盏熄灭，眼皮垂下
永恒的黑暗

——我向无限预支了死亡
但我所到之处并未遇见天平

从微启的双唇吹出奇诡的冷风
似乎那是靠语言为生的人
继续他高贵骗术的一个虚妄的嘲讽
而化妆的死亡戏剧照样

将墙壁上的乡愁投向我们
它的影子庄严地抗议我们的窃窃私语

——徒劳的转移
这情形就像上了滑车后看见一只下坠的鹰
这也是我的真实写照

我们将留下，用矛盾重重的手指
轻触漫步在天鹅绒上的阳光
在世俗的礼仪中围成圈
以忘却接近一个理想的道具：
死者抱着自己头颅的姿势
除非偶然，为什么我们不是它
未发出的叹息的回声？
它抛弃我们，难道不是拒绝哀悼？

——我理应听取这样的劝告：
离开第二个魔怪
那你捏造出来的自己的相似物

1994 年

夜航

言说何用？我追问而不求回答
激情的水漏似乎只有魔鬼还在倾听
子夜，我移灯就坐，解缆声
如灾难的断冰的笛音从海底传来
纤细，经久，与我的耳鸣彼此消长
人，倘若时辰未到，请保有气息的珠宝
并翻身于梦之山，让面孔的蜂窝
淌出金黄色蜂蜜吧！
我的额头独自运行，忍受着催眠
而鬼蜮的夜航仍将一如既往继续下去
水手们看不见喋喋鸣叫着掠过黑暗的鹤
它们太高傲，以至于无形
以至于要到地球的反面栖居
虚无，你的荣耀多么大，你的月亮
进入我的身体时是残暴且温柔的
墙，暗哑的舌头，无聊的拆字游戏中

失去听力的"耳"。大地在我身上
安放了多少死者？空白纸页的暗火
烧毁了多少记忆？我血液的肥料
将培植出一株怎样的隐花植物？
祈祷吧！沉沦吧！只有欲望单纯的
植物般的灵魂才能逸出真实的芳香
日出如歌。一个卸下噩梦的身躯
伸展着，被光芒凿成理想的骷髅

1994 年

从盐根海岸看黑曜岩绝壁

没有人看见一座绝壁怎样升起
海岬，它孤独的边界

非人的头颅阅读着虚空中的轨迹
那永恒之书的星曜字母

必定有一个瞬间，一个狂想
——大海的狂想，从万丈深渊下

冶炼并纯化了一行诗
像仪式的焰火驰入空中

玻璃教堂，里面人头攒动
烛光熊熊，撞击出钟声

庄严如婚礼。几亿年过去了

惊涛骇浪仍在吹着长号

雾的王座上，岩石的司芬克斯
目光穿越我们

像埃及之夜一样神秘
已经厌倦于让我们猜谜

那目光在恐惧与恐惧之间
构成世界根部的感觉

周围是撕成条状的风
绝望的泡沫，令飞鸟不寒而栗

没有拯救者，没有被救的人
迫使一切冒险者抬起头来

这炎炎烈日下的绝壁使我想到
代代心灵之诗的一个原型

1996 年

无题

在前往第二故乡的途中
必然会有一两座小山
挽留我们，做我们的墓园

1995 年 9 月 18 日

信天翁之死

呼吸阻断，但血液涌上头颅
肉体掷出最后的哀鸣。俯冲
向着诞生它的大海，翅膀的巨弓松开了
爪——这刺破死亡的利器收紧

1995 年 9 月 18 日

67

元素之歌

一 金

汞的喜悦，金的誓言
墙头小月吐出紫色的火苗
门铃系着主与客，两种心跳
巷陌曲折，通往一处幽居

一去不返的术士，如黄鹤渺然
术士之家，一派肃穆，兀立粉尘里
你，袭娜在护壁板间的亲切的鬼魂
请下来，请友善地拿下面具

已然没有了秘密，我想哭
我要投身于长庚星孤独的怀抱
这门厅、回廊、井台、香椿树

看不见的火候，一个死去的记号

二 木

春天，允诺了万物的大地
即使一具尸体也能枯荏复蘗
轻盈地开启绿色嘴唇
那里，一个亡命者在花园中游荡
寻找着另一个，像一棵树
俯身，朝着另一棵的耳根吐气
我们知道是风，但不知起于何处
不是来自我们起伏的胸膛吧？
不是那天空的催促吧？
狮子放纵四肢，眯起困乏的眼睛
意志和绿意就倒映在它的感觉中

三 水

水声胜过一切说教。当我们临近泉水
一个听觉的上帝便向我们亲授
仿佛一个摸索着靠近黄昏的盲人
把世界置于耳膜，在他苦涩的
眼眶映照下，玫瑰已经长成
最终我们听不见它，而它知道
我们的局限，一任我们继续下去
听着，魂魄像一只蜻蜓
在揉碎的水面低飞
寻找着降落点。而我们仍将
不可遏制地赞叹：水哉！水哉！

四 火

火，元素中的佼佼者
事物内部纯粹的燃烧
使空间膨胀的熵的舞蹈

那不是一只向我们藏起翅膀的凤凰吗？

至今对于我们仍然陌生

当我们想到老虎、钻石、镜子

醉心于发现智者的颅骨

以及那遗留下来的王冠

而群星的火堆亘古不变地耗损着

犹如心之密室中微弱的烛光

雕刻着黑暗的轮廓

还有一种火，不可见地充满

我们，激起血液中夸父式的干渴

在一座古代迷宫上空

多少偶像在飞行中

融化并且坠落

五 土

山中的人，对于我们已然陌生

井水照过他的脸，岩石感受过他的体温

蟋蟀在床下歌吟过他的苦衷

夜温柔地覆盖劳动的额头

他欣喜又疲惫，坐在餐桌旁

打着瞌睡。窗外菊花的淡香揉进灯光里

猫头鹰的叫声被磁性的云朵吸收

山中的人，就埋在山中

在模糊的手势里度过一生

在土中听一支击壤歌

1995 年

你是否想过生命的高音区

你是否想过生命的高音区？

那里，情人们的眼睛尖叫着

似乎不能忍受血管的承载

而此刻，就在向着地平线打开的窗子里

有人正在缓慢地死去，虽然你

转过身，你能佯装不知吗？

总是存在一个出事地点

人们讳莫如深，规避考试一般

规避着命运。那里，露珠的呼吸

是不可言喻的短暂

阴影收藏着白昼的动静

直到夜的蝙蝠形象挂满杉树枝

梦中，人人都在拥抱死

1995 年

73

大爆炸

那是不久前发生的
一百三十亿年前的今天
像矿井瓦斯或厨房煤气嗞嗞作响

等离子被抛出
仿佛火山口抛出浓烟
与尘埃

树选择了自己的伞形并懂得怎样摇晃
冲击波持续抵达，减弱
灵参与其中，运行在水面

沙子晶亮而密集，无人知道是多少
但二氧化硅就活动在里面
潮水一遍遍冲刷，淘洗

单调，没有目的，却充满了
启示。我们由碳和毫微秒组成
来而复去，一如那潮水

不久，奥德修斯号就出发了
去寻找最初的光的地平线
当宇宙气球膨胀，膨胀，朝向极限

它注定回不来
在最高倍数的天文望远镜里
它将飞蛾般消失于欧米伽点

而我们仍将在这里，学会
从小事做起，给母亲写信
等待知更鸟衔来黑樱桃的种子

雕像：迦太基母亲

一只手轻放在隆起的肚腹
受胎的喜悦令她目光里流出
动物般胆怯的祈求
她注视的地方没有上帝

那无语的祈求和仅有一次的
自私的幸福谁也不能轻蔑
她坐在窗前，守候深深的睡眠
警觉的眼睛要看穿黑夜的底蕴

1995 年 8 月 10 日

孔子弹琴

我已经很久不再把周公梦见
悲哀又加上寒霜
梦是晴空，辉耀春秋的雪

两楹之间，除了叹息逝者又能何为？
我轻抚琴，周游列国之后这是第一次
琴声里有一座荒蛮的海，令我向往

我的心几乎已帛裂
今天，你们中最纯洁的一位死了
天，你欲毁了我吗？我控诉你！

1995 年 9 月 28 日

灵魂的私人侦探

无常是神秘，但比无常更神秘的是

灵魂的私人侦探受雇于我们

我们却从未与它谋面

据说它有着非凡而冷峻的容貌

像个身怀绝技的旅行家

喜欢去往无人抵达的地方

从事无人经历过的冒险

灵魂的私人侦探不喜欢被束缚

它要远离肉体，越远越好

在只有一个顾客的异国小酒馆里

消磨光阴，比比画画像个哑巴

小心翼翼地守着孤独

十年、二十年过去了

灵魂的私人侦探没有任何消息

正当我们渐渐地将它遗忘

某一天，邮差来敲门

一封信：寄件人本身就是收件人

熟悉的笔迹，熟悉的措辞

但邮戳上的日期已无法辨认

1995 年

家书

危险的夏天刚刚过去，给予我们
威胁的事物远比玫瑰的温柔要多
你的信在书桌的地平线上轰鸣着
我们中又有一位被逼入绝境
母亲，原谅我吧！她曾三次呼救
灵魂得不到超度，投胎于我的笔

日子就像遗忘迅猛地刮过头顶
去年的石头在今年的河底裸现
我们住下来，我们的卜居摇晃如灯笼
现在，一切按天空的意愿表达
还有更多的人走在离家的路上
含着泪，远离了死神的肇事地点

1995 年

世界是片段

秋千刚荡起，儿童已变老
进入那间房子的人只有一次进入
叠好的衣裳还在，手已化为尘土

我观看，代替了另一个人的观看
我呼吸，占用了另一个人的呼吸
我穿的登山鞋是另一个人穿过的

蜗牛的触角伸出去又缩回
无人看见它画下的地图
死者会回来收拾厨房，无人相信

用全部的力量把一个意念推动
就能抵达另一颗星球——它也是尘土
那些领先于你的人将欢迎你加入

完美不存在，世界只是片段

某人把我指认，在我不在之处

而虚无埋伏着，比我更高更深

1996 年

读者

裹在睡裙里，脚翘起
椅子向后仰如公园里的跷跷板
星期天的雪使铁道旁的这间小屋
变矮。欧洲沉睡在舒服的晨光里
而亚洲正忙碌在脚手架上，大汗淋漓
她嘟起嘴，最长的手指擦过书页
仿佛一片帆滑过陌生的海洋
这本用方块字写成的书
她读不懂，桌上咖啡已冷
意义不明的符咒咬住她的手指
她尝试着逃出那油墨
长城的包围，但未获成功
有人在窗外敲打钢管
雪从黑树枝上落下，惊飞了乌鸦
她合起书，赤脚跑出屋子

她做出了一个决定：到远东去

一列火车驶过，一些脸

凋零在远方

1998 年 12 月 4 日

从波恩开出的火车

由于好心的邻座的错误指引
不得不在一座陌生城市耽搁难挨的几小时
外面是冬夜，而我不愿留在空旷的候车室里
宁愿走出火车站，让夜露打湿肩膀

笔直的大道上不见任何行人
在自我嘲讽的孤独夜游中
我甚至感觉到一丝快意
街树仿佛怕冷的哨兵，靠抖动身体来御寒
死气沉沉的灯光打照着橱窗里的陈列品
它们看上去像古代帝王墓室里的明器一样堂皇
一两处还未歇业的酒吧闪着困倦的绿色猫眼
倘若以月亮为中转站的外星人在凌晨两点四十分
侵犯这座城市，那么以我为人质再方便不过了
我甚至有几分欢迎那惩罚，然而眼前这条

节外生枝的歧途暂时还使我不得要领

落叶的窸窣提醒我已进入一个公园
我在空地中央停下来，突然回忆起就在两小时前
从波恩开出的火车上读到的一行文字：
"眼空宇宙，脚踏毗卢的人，因甚犹在途中？"
这句室铭是如何成为立刻应验的谶语的
甜蜜的卡桑德拉

星星，滚烫滚烫，燃烧着我黑暗的面庞

1998 年

一个见证

雨夜，在通往圣心大教堂的台阶上

一群又唱又跳的年轻人

摇摆着，中间的一个弹着吉他

正当我们从里面出来，面对巴黎的灯火

孙雅格牧师请我闭上眼睛，接受他的祈祷

"你许个愿吧！"他说

我想着，果真灵验，就让月亮出来吧

几分钟后，我睁开眼睛

天空换了布景。雨停了

新生儿般的月亮缓缓地破云而出

像一个刚刚兑现的允诺

喜悦的光在我脸上流淌，流淌

1999 年　夏

无题

白邮轮似一封寄往海外的信
某人的房间吹入太平洋的风

我想着有一个东西不可凑合
比缺少你的那个天涯更杳远

诗似禅，但终究不是野狐禅
让你猜鱼死后寂寞的玻璃缸

在这个匆忙的世界燕子往返
哪一只衔泥到梦见你的梦里？

众呕不过是泡沫，落日满楼
从未离家者染上致命的乡愁

大海的风暴树高耸，我独坐
听海螺在水底吹一曲千岁忧

2000 年

契多街

我闷闷不乐，感觉日子太缓慢

时间的箭矢已生锈，充满了死亡的惰性

最后的蓝花楹之花已飘落，燕子已返回

我依旧坐在窗前，看见站牌下那位老妇人

（她每天都来，总是坐在同一个位置）

把黑头巾从头上取下，戴上，又取下

我敲打键盘，停顿，继续敲打

在这相似的动作里，我们重复着

同一种虚无，同一种琐碎

仿佛两个溺水的人，朝对方打手势

直到水涌上来，淹没了头顶

2001 年 12 月 28 日

一年将结束

一年将结束，但痛苦

卷土重来。入夜以后，成群的

拾垃圾者又鼹鼠般出动

在契多街、隆卡街、帕瑞拉街……

而在楼房里，在阳台上

他们又开始敲了

抗议的锅碗瓢盆的雨点

像我认识的某个老妇的泪痕

狗悲哀地吠叫，然后不再作声

我倚窗听着这奏鸣曲

拾垃圾者抬起头来，也在听

像采矿人听着矿井

2001 年　岁末

仙人掌

刚刚抵达这个国家的首都时

我就开始下意识地寻找某些彼此孤立

对于我用可怜的简化汉字书写的诗歌

却未必排斥的本地象征

沿海沙漠。广场的鲑鱼色或

印第安人种的大草原色

土胚砌起的茅舍和金字塔

钨。印加·卡尔西拉索的《秘鲁皇家述评》

一行流亡者巴耶霍的沉重诗句

镶嵌着绿松石的铸金刀柄上的

奇穆族宽脸神祇，等等

早晨，冬雾笼罩的路面渗出柠檬汁一般

稀少的雨迹，我从旅馆对面的街角看见了

亭亭玉立的单株仙人掌

下午，在 Huaca Pucllana 废墟的豚鼠窝旁

另一株相同的植物却蒙着考古挖掘现场的尘土

直到走下叹息桥，它们成片出现在

向大海倾斜的河谷地带，多刺的椭圆体

吸引我在离别太平洋十个月之后

第一次从美洲的角度观看那片无垠水域

我才多少理解了罗泊·格里耶的怪癖

他从世界各地运来那些肉与刺的矛盾几何体

将它们与梦魇一道移植在花园里

二十年后
——给老同学

岁月匆匆。我时常想，我们不过是
流水和转蓬，什么也挽留不住
你，我的同窗，在如此漫长的沉默中
是否发现所谓今天不过是一个
同时梦见过去和未来的梦
孤独地走着人生的分岔小径
忽然来到似曾相识的地方
相互端详，却难以辨认
当变化从眼角的纹理开始

银杏树下，丽娃河边，爱情姗姗来迟
寝室的灯光熄灭后夜谈的风筝
挂住了嫦娥，但那极端的美人
从未垂青于我们——
鞋匠的儿子，洗衣妇、农夫或

死刑犯的儿子，小学教师的女儿

除了小小的怪癖，几乎没有什么差别

穿着清一色旧军装和喇叭裤

这就是我们——火热而淳朴

弈棋的、跳舞的、害着相思病的

周末在外滩，把怀旧的晚霞涂抹在

眼瞳深处。长而灰的拖轮像魔术师的

带子，后面是星与火在浮动

沿着江堤，风吹起衣襟。几个逃课者

像几个先知，用天才的谵妄预言了一个时代

于是二十年后，来到今天这个贵重的日子

仿佛神秘的循环磁力作用于我们

你，我的同窗，是否赞同

一切逝去的都会以某种方式回来

譬如另一个初夜？另一场狂欢？

你心跳的节拍是否将要驳斥

毕达格拉斯的理论，说不熄的火

是友谊、星星和我们？

为此我在布宜诺斯艾利斯

写下这首即兴诗，不是为了炫耀

我的手艺，而是为祝福你，我往昔的朋友

向你询问关于活着的理由

请伸出手来庆祝四十岁的青春

请把苦难、记忆和爱同时纳入

你那因含笑的宽恕而变得博大的内心吧

请在夜幕降临后一醉方休！

2004 年 8 月 18 日

布宜诺斯艾利斯

印第安邦乔

在库斯科，我学会嚼古柯叶
骑马走几十里，只为了用手触摸
普卡普卡拉废墟巨大的石阵
在圣尼古拉教堂的椅子上坐着
我凝视领完圣餐的人们庄重的脸
那端在胸前的双手
仿佛捧着去往天堂的门票
那一刻我发现自己不过是一个俗人
我写作，但救不了自己
在军械广场附近的小街
不识字的人向代笔先生口述书信
它们将寄往何方？收信人是否活着？
而街角上，一个老人吃着玉米棒
安详如守在太阳柱旁的羊驼
两个醉汉带着我瞎逛

用几枚零钱请我喝 Chicha 酒 ①

其中一个已烂醉，不知失踪在了哪里

另一个与我倾诉衷肠

告诉我在古巴的秘密生涯

在烟纸上画下他的革命路线图

我喝多了，找不到下榻的旅馆

几个妇女跟着我，向我兜售邦乔

那手织的麻布邦乔套在我的脖子上

像中了魔，我感觉自己飞了起来

2004 年

---

① 一种玉米酒。

补记：鲁瓦河口的夜

浩瀚的河面与夜色合拢
星星两三粒，泄露了寒意
潜水艇潜伏着，这庞大的幽灵
裹在战争记忆的浓雾中
码头斑驳，水面像龙鳞闪闪烁烁

我从河对岸做客归来，带着
微醺的酒意和一个礼物——
一本关于一位作家自杀的书
我来到阳台上吸烟，那另一个我
令我睡意全无，那另一个我的死……
下面，河口上，"小摩洛哥村"
像被大西洋巨流冲上来的鸟巢
仿佛随时又要被卷走，覆盖

码头上，几个人影在晃动
解开的缆绳被甩向甲板
逆着风，一艘渔船出海了
他们将在海上摸着黑作业
而我也将在睡眠里穿越
海底两万里的死亡
直到他们返航，经过我的窗外
带回海鸥和疲倦的晨星

2004 年

辑三

杂诗（2005—2014）

在期待中

从伤口上滴落化脓的时间
我们将固化，成为正长石

有人从瞭望台上喊话
说他要来，不可失去信心

不可试探，更不可打听他的姓名
捂住伤口，咬紧嘴唇，别出声

有人将天文望远镜比作
一只警觉的、巨大的蜘蛛

转动它的眼睛，为盲目的飞虫
设下陷阱，并警告我们：

别把生命浪费于仰望星空
什么也别做，把灯关掉

睡觉，保持正确的姿势
当你醒来，那人会站在你的床前

一个地名，我们从未听说的地名
比北极星更远。你已置身其上

东欧诗人

带着好奇，我凝视这些东欧诗人的脸

钙质在他们的骨骼里闪闪发光

他们在咖啡馆见面，像秘密接头

在公寓里写诗，像在荷包蛋上撒盐

酷爱旅行，但护照总是过期

谈论树叶不被允许，就捡起小圆石

摸它，揉搓它，直到掌心发烫

真理已经死亡，但寓言仍不时地

借麻雀小小的咽喉透露给早晨

墓园是可获公开的地址

在那里读信最安全，而信

是流亡者用隐形墨水写的

太多的记忆，但风将把它们储存在荒野

太多的冬天，太阳只会让影子瑟瑟响

只有去地狱旅行无需签证

他们中有些已经先行并发回了电报：

"这里没有酷刑，伙食也很好

一座向下的塔，且已安装了电梯

与但丁的见闻完全不同。"

赫伯特在地下室里画好了旅行图

并给每个风景点插上小旗

扛着玻璃架的毕林斯基走在前面

波帕肩头上站着那只爱朗诵的黑鸟

高个的索雷斯库缩在蜗牛壳里

赫鲁伯从国际免疫大会上匆匆赶来

与艺术家们会合在最底层

告诉我们那里发生的一切

东欧诗人，把反讽的技艺传授给我们

古老的联系

彗星一扫而过，从平静的屋顶

蓝光放大一万倍，像在最后的时刻

望向深渊的临终者的瞳孔

吊灯的晶片轻微地响动起来

上楼梯的脚步变得沉重

猫拱起背脊，笼中鹦鹉停止了争吵

一个醉汉站在家门口

想不起他是谁，为什么来到这里

某种预感如芯片植入了大脑

丛林亮如白昼，干燥的河床上

大象鼻孔朝天，一齐长鸣

似乎在抱怨长途奔袭的巨大浪费

山居杂诗

草疯长，淹没门前小径
佛手瓜的藤蔓从屋顶向地面
垂示一个昼寂的中心
门廊下，你晾晒茶叶，炮制菠萝蜜酒
我读书，给孩子打电话，给友人写信
日子不起微澜
仿佛已经过去了几个世纪
一群翠鸟像河水漫过天空
它们每个黄昏都来造访，好让我忘记
最近的哀伤。一个诗人的死讯
加重了我的湿疹与焦虑
翠鸟中有一只，色彩迥异
栖落最高枝，被簇拥在众鸟中间
它的歌声仿佛俄语的一串颤音
而我听见的则是"不如归去"

夜一如既往的透明

如蛾子的翅翼在窗玻璃上扑闪

青蛙沉闷的合唱消寂于变暗的池塘

交叉而过的两架飞机喷出的气

在天空划出十字

邻居用园中竹为我制了一支箫

我将它对准口型

我要吹一曲《永别离》

2006 年

日本海啸纪事

一

来了，看啊！它来了，这巨兽
披挂着末日的盔甲，从海上来
美得像一口举着自己的丧钟
富士山在听。雪，憋着早春
育婴箱里，探索宇宙的婴儿的嘴
赞美着护士递过来的一个奶瓶
樱花正在赶赴天上的盛会
新的探测仪即将着陆水星
全世界的望远镜一齐打开
那儿，远方的此地，一面
反物质的镜子也在看。地球
轻轻一跃，如泪水汇入了劫波

二

磁场错乱了，神意似乎也已错乱
在性命攸关的万分之一秒
在铺开松影的枯山水格局中
在穿和服的美人指指点点的指尖
你，东皇太一；你，司春者啊！
是否万有引力竟成了魔鬼的帮凶？
是否神自身也屈服于一个定律？
一切都在坠落：指针、风向标
汤勺、美人的发簪和假睫毛
凡有重量的都想变成石头和刀子
地球也在坠落，朝向你——全能者
暗中递来的一只无名称的援手

2011 年

北京哀歌

深陷于旷日持久的雾霾
那深深的幕墙
多少肺叶鼓胀，又撕裂
如黑帆

乌鸦的叫声掺和进煤气中
街道，如今的战壕，隐形面具
戴在匆匆来去的行人脸上
十步以外是深渊，车流哀悼着落日
缓缓驶过长安街

等待着过马路的人群
惊恐如难民
如布鲁盖尔画中的盲人
双脚和内心都已麻木

家，安宁的晚餐，远在火星上
此处是临时住所，是拼凑的食堂
盆栽植物躲在窗帘后面
咳嗽，咳嗽

医院病床已满

2013 年

映证

下山时我们发现，松树林中一束
返回的光如探照灯，穿越茂密的枝叶
和一千年，打在硕大的枝干上
绵软的青苔鲜嫩、耀目

在瘦西湖

运河衰老了，扬州曾遭屠城

修禊的习俗幸存了下来

塔，我们先是看见它，然后登临它

桥的形状似一只落下的鹤

布局巧妙的借景让我们刚好看得见

杜牧的唐朝的一个檐角

我们在船上用不同的乡音读诗

岸上的人学鸟叫，而不是学采莲

因为还不是游泳的季节

古人还没有腾空捞月的夜

在瘦西湖，桨声和灯影都是瘦的

除了挤作一团的月亮和

瓜皮艇上的官员

2014 年

鲁迅还活着

鲁迅还活着
黄昏临近
他枯坐着面对悲哀的落日

租界的一扇窗收容他
无人不晓的侧影
如刻刀,深深地切割进夜晚
他眉头深锁,咳嗽
在雾霾的硝烟里气急败坏
骂人骂得更凶了
到处,到处都是犬儒
先生,你听见的怪鸟
也出现在我的夜里
如今我终于理解了你病态的愤怒
闰土、阿 Q 和祥林嫂们

还是老样子，麻木于命运
看客们袖着手
只是更加兴高采烈了

鲁迅还活着
以不情愿的方式

117

那些我们走过的地方

肯辛顿公园一角的橡树记得
一位女警察礼貌的盘问
我们是外国人，但张开手掌
麻雀照样会落在上面
无关种性和诗

在特里尔，我们驱车去郊外
一间旧磨坊改造成的旅馆
在峡谷里做长长的散步
带回一些干树枝，夜里
围坐在壁炉前，女主人猜中了
我脑子里所想：星星和火焰
你友善地给俄国歌手点烟
为了不打扰"我们"的交谈

你喜欢自在观音的坐姿

亲昵地叫每个女性姐姐

小东西总是让你愉悦

啄木鸟像你丢失的一把钥匙

找到了你，但信箱是空的

当"吾辈岂是蓬蒿人"被翻译成

"我们为何还未失踪"

你大笑，跳上酩酊的地铁

呼啸着穿过二十世纪的巴黎

仿佛吃了兴奋剂

在一出恶作剧里你扮演死者

场景设在莫里哀剧院门外

可你演得不算出色

不如你在诗中的形象

"尴尬""漏洞百出"——是真的

而我盼望着警报解除

日复一日，也只是徒劳

布拉格某间地下室的烛光

博登湖的落日以及迈阿密的灯火

都雕刻过我们瘦长的身影

我们像两个医生，总想给对方治疗

但谁也开不出合适的药方

雨夜的达·芬奇街上，我们游荡

身体湿透，但灵魂干燥

某一天，你回来了

带着仿佛被烧伤的印记

你依然说着调皮话

在房间里给自己准备一个角落

和很多的啤酒，你戒掉了诗

但戒不掉日益肥胖

花：针尖的词，刺绣在一个

转世的宫女身上，她用伤口舔你

崇拜你。怪哉

那塞壬最小的妹妹

却在你诗中的南海走失了

最后一次携游，我们去了大觉寺

你自问（以经文的口吻）：

"此处是哪个异乡？"

你自答："初地即是十地。"

在一棵巨松下你若有所思

继续往前走，来到某个地界

匾额上写着——"无去来处"

你刚想开口，场景已变换

你摸到一面墙。一伙人在一个房间里

学巴基斯坦士兵夸张的敬礼

你在他们中间，大笑着

你想弄清笑的里面是什么

开怀笑着，笑着

直到忘记了这是自己的葬礼

渔樵问答

樵夫：

云憋着，在万仞山巅，作别了雨师
黑龙自顾自做梦，不管众树的生死
泣血杜鹃为什么迟迟不肯开放
它在等哪只疯狗吃掉太阳的日子？

渔夫：

到处都有山洪喷发，山体崩塌
在星星的重压下，没有哪颗心不是乱跳
鹭鸶的脖子也愈加纤细了
网罟不张，我只能临渊羡鱼

樵夫：

他们或许终生都不会被一棵树感动
哪怕一次，认真端详叶子，像端详自己的手掌
他们转山时就像陀螺，只绕着执迷不悟的中轴
燥热的影子几乎可以点燃一次山火

渔夫：

究竟是什么让最音乐的耳朵也听不见
箫与琴的高致，而追逐在隔江的瓦舍？
幸亏这残山剩水还容得下你我
斗转星移，与我们下着同一盘棋

环洱海地区

低矮的丘陵，风车叶片巨大的纺轮织着彩虹

和倒影中一匹匹云的锦缎

当它们停下—— 一个个受难十字架

云中的神在天上演出浩大的哑剧

人抬头，浩叹，渴望加入那演出

倒扣在岸边的小船仿佛搁浅的海豚

尽管这里只有水獭，它们的肉和石斛一起

在药材集市上被售卖

曼陀罗花硕大而沉醉，低垂在老式庭院里

农舍改装成的客栈住进了燕子

或某个大麻吸食者

海鸥沦为乞丐，接受着观光客的施舍

婚礼长达一周，前来吃酒席的人抱着一只公鸡

它的内脏在本主庙里将被用于占卜

众多神灵被信奉着，尤其是女性生殖神：

斗姥，女娲，跷腿的送子观音

三月三，姑娘们约好去绕三灵

与心上人幽会于林中

来自印度的大黑天为何留在了喜洲？无人知道

两尊牵马的彩绘人像仿佛准备出门远行

去个旧开采锡矿

绕湖旅行的车子正驶向三座塔和高山榕树的阴影

绑在滑翔伞上练习飞行的人，几乎摆脱了万有引力

而喧阗的下界，人忙碌着手中的活儿

采石叮叮，或磨刀霍霍

有人在工棚里耐心地打磨着大理石

直到黑夜般的石心飞出他想要的云彩

八月，妇女们坐在田野中央唱歌，庆祝稻花开放

一只白鹭来回逡巡，像骄傲的媒婆

几个狡童全身赤裸，去门外跳水

像几条光滑的、逮不住的泥鳅

瘦长的蓝桉——后车镜里一排排

醉倒的锡兵。一阵爆笑声中

风刮走了搭车人的草帽

2014 年

一项发明

阿米奇也将自愧弗如！
大脑沟回的千高原
一台取代橡皮擦的机器
早就被发明出来并投入使用了

游园诗

袖珍版的山水，精致的巢穴

在幽闭中度过剩余的日子

人是过客，而花永开不败

他曾在这棵松树下脱帽看诗

他有着松树般苍老的心境

浮世戏台上，流星如转蓬

而冷香如蝴蝶，突然飞入韵府

一池净水，不可竞渡

几树杂花，不可攀缘

日月代明而错行，足以唤起

他写下一部造园史的决心

他就像一块太湖石，兀立着

沉吟着，古怪而消瘦

毛孔灌满记忆的回声

嘱托

两片钥匙闪着遥远的光
你的嘱托在我的手心叮当作响
山水依旧环绕你的房间
那棵我为你种下的柠檬树守望在花园里

读卡夫卡

他们就用这种方式袭击

他们击碎花盆

声音清脆犹如来自

我们的脊椎

根，梦游一般裸露了

他们用烟头烫路牌广告

把你的帽子戴在稻草人头上

他们转动稻草人的假眼珠

让你看里面的世界

他们来，哼着小曲儿

像夜访的不速之客

给自己斟上酒，盯着你的卧室

也给你斟一杯

自酿的苦酒

他们掀书如掀器官

贴着它嗅，如嗅罂粟与性

他们宣布一个字有罪

那个字当场暴毙

他们把你塞进车里

一颗又聋又哑的星路过

快如倒车镜中

一个飞逝的光点

辑四

隐逸诗与时事诗
（2015—2018）

寻隐者不遇

晨曦泄露了群山之间万古的静谧

村庄如梯子架在狭窄的陡坡之上

太阳照见烤烟楼和铁索桥，照见

蹲在屋脊中央憨态可掬的瓦猫

我欣喜于山的一半在阴影中

而生长着蓖麻、蝎子草和仙人掌的另一半

打开在回响着鹇雏之翼的北窗外

雨季来临时，向上蹿的绿火

将撩拨他待在山顶，看成群的彩虹倾泼而下

小溪是不可或缺的，白天忙碌

夜里将呢喃送到枕边，当他高卧

峡谷的幽深诱人探秘，但现在是枯水期

瀑布细如山魈的尿液，不再飘动

我想象这块大石头是他曾经坐过的

天外灾星作祟，他自与仙人从容对弈

金丝猴倒挂在葛藤上方

表演着漫不经心的高空杂技

榛子滚落，仿佛始于上一纪的地裂

锦鸡飞不远，总是弄出很大的声响

当马帮从山下拾级而上

第一个运送井盐出山的人已死了几个世纪

有谁在意他是否投胎转世？

（他要是有乡愁，他就将在本乡还魂）

在诺邓这边，家家户户的大铁锅

依旧冒着烟，将不可或缺的盐卤熬炼

几竿瘦竹迎着风，两三只鹅

（山阴道士曾用来换字）唱着击壤歌

正把胖身子挤进窄窄的池塘

门虚掩着，松鼠告诉我主人不在

一株制造闪电的楸树投下足够的阴凉

瓜瓢搁在水槽边，斧头的柄

翘起在一堆木柴上方，坚硬，油亮

没人知道它曾经飞翔在哪片林中

2015 年

134

蓝花楹之蓝

诗歌幻想像新闻，追踪每天的生活

可新闻总是健忘如一位老妇，例如

一周前的事件一旦退出公众视野将万劫不复

如宇宙飞船抛在外太空的垃圾——失重

空翻，沉沦，在癌状的黑洞之嘴化为乌有

人们几乎已绝望，但奇迹般地

死者的母亲出现在视频里

在母亲节的次日。这是温暖的五月

蓝花楹在医院的窗外盛开，如死者的沉默

无以名状之蓝，哀悼着未说出的真相

显然她不是对答如流的交谈者

对维权知道得不多，一个永远不会读

这首诗的文盲，她抒情吗？

她知道新闻即在场的力量，而在场

有赖于比遮蔽更强有力的指认吗？

不，她甚至不擅长流泪，心里也没有受众

面对镜头她丧失了全部的狡黠

当监控录像的黑匣子被无限期地征用

她本可以数蚕豆般数一数目击者

不利的证词像雾气迅速笼罩了候车室

那儿，她的儿子已被移走

一汪血痰般变凉，站台鸦雀无声

空旷如这北方无名小城的地平线

复杂的调度之网的编织手一直未露面

那枚挤入心脏的硬物庆贺了对冒犯的挫败

（据悉，尸体将得到妥善的保管）

死者不会说话，尽管蓝花楹盛开

在众鸟啁啾的，温暖的五月

目击者已四散，火车已开出

车厢里将响起令孩子们兴奋的音乐

那姐弟俩努力将父亲摇醒，催他上路

而未知的上访之旅令人神往

2015 年 5 月

翻越高黎贡山

落日滚滚而来，浆果、蜜、火山灰

和岩浆中的落日，一口嗡嗡响的大钟

飞鸟撞在上面，死者的魂魄撞在上面

没有回声。风像某只手把头发拽起

汽车在隧道的虫洞里蠕动，等待着进入第五维

等待着被折叠的空间挤压成一只大闪蝶

大地在脚下盘旋。火烧云点燃黑暗的森林

和一支支露出地面的哀牢王朝的箭簇

那里只生长原始寂静，失传的口述史和贫瘠

远处，火山脚下的城市，月亮的冰眼

火焰沿着山脊和游隼的翅膀流淌而石英销熔

罗望子树，桫椤与山海棠的阴影交织在一起

绿色汁液喷向干燥的天空。在山巅和

山巅之间，桥张开翅膀

一座令人望而却步的金属吊桥

蹦极者从上面纵身一跃，激起一片猿声
而落日的声息更其恢宏，滚滚而来
淹没群峰与廖若星辰的屋顶
夕光穿过花岗岩击打在地衣上
一次次沉默的引爆。而壁立的峡谷深处
怒江奔涌而出，波浪如彗星的尾巴
甩过江畔村庄和普米族牧羊人的脸
一张张黑山羊的脸。车轮与地面
擦出火星如同在星际穿越
腾冲小如蚕豆，在温泉里滚沸
银河之光焊接起大地与夜晚

2015 年

腾冲

火山灰，黑暗如亡灵的记忆
堆积在那些山的周围
彝人用它建起村庄
也用它埋葬死者

万古的地热烘暖的雪
给油菜花和蜜蜂的脑髓降温

乘气球的游人只为了一睹大地的伤口
巨坑边缘明亮，仿佛
匠人打造的一只只陶罐
里面是圆形虚无

有过一次爆发，之后
荒芜曾长期统治这地方

向种子征税，但从未对穿山甲
颁发过大赦令

银杏树和苦难幸存了下来

在温泉里洗过澡
一只矶鹬抖擞着歌喉
跃向天空。屋顶豁地亮了

2015 年

送别 C. D. Wright

写作，一个向晚的词

在黑键盘上徘徊

也许耗尽余生，幸运之光

终会从密不透风的毛细血管筛下

照见你幽暗的心脏

那里，另一个姐妹星团已向西倾斜

那七颗亮星仿佛七堆篝火

还未燃尽

想象力这真理的皇后——

如波德莱尔所说，将为你戴上

阿肯色州的绿松石耳坠

并且对自己的杰作感到满意

乌鸫还会在你莳弄过的花园里唱歌

因为新雪使它高兴，因为那

虚构的皇后逃了

你躲在萱草丛中
为煮在偷渡客铁锅里的土豆
而高兴，当落日
又一次拜访了坡地上的
无名死者

2016 年 1 月 20 日

谒担当和尚墓

高原敞亮，山如海，蒸腾血气与
热浪。灵塔浑圆，群鸟汇集
向着那塔尖的导航仪。一片月
破空而来，正从他的前世
缓缓抵近那绵延无尽
弥高弥远的点苍。夕照打在
巨岩上，万壑松作狮子吼
仿佛末世的警钟再次回响

不得已的诗画僧，趺坐绝顶
万里外的边关，鞑靼人的马蹄海潮般
在他的耳际反复播放着一曲国殇
那么快地，在宵禁中，鏖战已
替换成了箍在汉人头上的辫子
而执鞭的旧梦依然夜夜前来敲门

像贾岛，手捧着月色
一生只为在一个字中入定 ^①

歧路即别路，鹧鸪声声。这昔日的
布衣雄，望了一眼浮沤遂转身
自甘"老树扛危石"，点墨幻化出
南天的畿辅，骄矜于唯有流云识得行藏
一钵松花留下多少待解的公案
半肩毵衲是他余生的像赞
临流一唳，他哀歌的姬酒催开了
白骨之丘上含笑的杜鹃

2016 年 1 月 25 日　微雪中

---

① 此处化用了朱朱的诗句"这个字与字之间入定的僧侣"。

144

古代汉籍中的滇西部族

他们是"人"①，其实更像动物

隐蔽在瘴气升腾的崇山峻岭间

分类学显然无法将他们一网打尽

好在我们有万能的部首。想想这些

使人害怕的称谓吧：蝎子、拇鸡、地羊鬼、

獚喇、大猓黑、小猓黑、数不胜数的猓猡……

总是像回避仇人似的回避着我们

一旦外乡人走近，土獠的蛊虫

就流星般呼啸着亮尾射向你

他们上演着更为古老的变形记，为了

不称臣；鸟音啾啾，也拒绝被翻译

跣足黥面，岩居野食，与猿猱相杂处

出生，交媾，然后死亡，恪守着宇宙那

---

① 在《南诏野史·南诏各种蛮夷六十条》中，有"人"部族条目。

145

黑铁的律令：沉默，忍耐，沉默
澜沧江、怒江从未使他们感叹逝者
他们本身是河，旱季和雨季都流动在
帝国的目光够不着的地方

2016 年 1 月 28 日

蕉城

军舰在海面上游弋，传教士早已被遣返
教堂如老式照相机的暗盒，储存圣像的胶卷已曝光
只有我们和野猫会被那空壳所吸引
一如警报拉响时在墓穴般令人窒息的防空洞里
会感觉莫名兴奋。我无心去上学
更不知道什么是受难，脑袋低垂着
里面灌满了比葵花子更密集的豪言壮语
从父母的交谈中我预感到不祥的命运
但我没有能力阻止他们从我身边被夺走的进程
我感谢每一张规避的面孔，它们教会我世态炎凉
而给游街示众的父亲送水的、目不识丁的老妇人
教给我比恨更强大的是勇气和慈悲
为此我感到羞愧，因为迄今我仍是肉眼凡胎
比起那忧心忡忡的少年不具备任何优势
他躲在流出小提琴声的阁楼里

一些星光漏下来，落在逃离火坑的书页上

他读着，写着，摆弄着不听话的工具

他不会知道，诗这个秘教已将一个小十字架

压上他噩梦中大汗淋漓的身躯

2016 年 3 月 22 日

题焦山《瘗鹤铭》

一

鹤死去，我们再也听不见它的鸣叫了
哟，传说中的胎禽，你曾在吴市起舞
你也曾用羽翼击打雷门的巨鼓
将孤愤的哀音传到洛阳
你是那只来自华亭的鹤吗？
陆机临死前想念的是你，葬你在这岛上的
道侣称你为导师。你多善变呀
你全然迥异于凡间之物
自从王子乔乘着你飞上缑氏山
你这永生的象征便被天下传扬
那么你的死就只是一个假象，好让我们去猜谜
去信赖万劫之中无尽的转换？

二

江水寂寞，潮头涌起旧时月
铁瓮城空空一如石头城
三国舰船，匈奴铁蹄，一代代帝王的霸业
连同逝者之叹，都已沉入江底
唯有《瘗鹤铭》一如那只仙鸟
失踪千年之后返回故地来投胎
天斧的砍劈，蛟龙的龁啮，江水的磨洗
皆在暗中使力，助它修炼出绝代的风姿
看啊，石头开出玉蕊，铭文如谶
"鹤寿不知其纪也"，早已将天命昭示
于是后来者脚踏烟波，接踵而至
忙于打捞，考古，将圣手思慕

三

大字之祖，墨韵荡漾空际
龙爪般的腕力透入崖石的肌理

点画遒润如鹤骨，迷离惊绝如鹤舞
笔锋中逸出晋代衣冠的风度
郁郁青苔，欲振激荡洪流的羽衣
玄冥真宰，退藏于庄严古拙的攀窠
聚讼风起云涌，终不改它的本来面目
而颂歌不绝如缕，从中古直到如今
一桩书法公案演化出多少美谈
吸引我来把几片古怪的残石瞻仰
此何人哉？忧心交托一只神秘化身的鹤
让它渡越海门，直抵中原的寥廓

2016 年 4 月 10 日

车过田纳西

我知道那只坛子就在某一座旋转的山峰之巅
它强烈的存在吸引着我的目光向高处搜寻
突降的冰雹中，道路，山峦，可见的世界似乎荡然无存
但那乌有的器皿，无始无终，不会被任何东西所打破

2016 年 5 月

台风尼伯特

愤怒，种公牛般

在越拉越紧的绳套上充血

又一次，喘着粗气的大海

像一架钢琴，拆散在它的脚下

死鱼，从飞刀手那里呼啸而来

在我们身上收割死亡

那棵备受折磨的棕榈树疯了

知了的缝纫机

仍在不停地踩踏

"如果我知道庄子怎样听风

我就能稳坐波心

把大气洋流绕在食指上"

但分岔的盘山路

只有铁角蕨备好了帐篷

从高音喇叭嘴里，影子直升机又投下来

可供充饥的苦胆

"什么卡在了网眼里？"

"声音，颅骨碎裂的声音。"

夜的护身符盖在某人的坟冢

而黎明将他的头和脚暴露在光中

不带一丝怜悯

2016 年 8 月

苍山大裂谷

在那死亡高地上
千层页岩的肋骨支起峻崖
一道史前的光浮过来
捉住了一只三瘤虫

羚牛站在草甸，威严如一位
披着雪衣，戴着月冠的酋长
清碧溪里灵蛇游动
护卫着七龙女

马帮在松林里若隐若现
松针刺痒而硅藻湿滑
绕过洗马潭与花甸坝
飞瀑下藏着禹穴

我们生活在与奥陶纪的巨大
时差里，下颌骨往里收缩
脚掌也变窄，并不想撞见
翼龙从大裂谷里飞出

泥灰岩，绿片岩，石英砂岩
从古雪线向上攀升
雪水清冽，渗出
混合岩鼓凸的眼球

云擦过刃脊上的青苔
在头顶翻卷
圣应峰，马龙峰对峙着
挤压出叠巘，令人不寒而栗

北斗探入冰斗
谷底深如海沟
野蜂之后是流星雨
欢快如海豚啸叫

夜气湿空山，众鸟已歇息

溪畔钩萼草丛飘起

萤火虫小小的灯笼

寂静中，一颗松果落下

2016 年 8 月

对一个地区的演绎（组诗）

一　谢灵运在永嘉

　　　　且从康乐寻山水，何必东游入会稽。

　　　　　　　　　　　　　　　　——李白

诗人们痴迷于玄言已经太久，而寂寞的
山水要等到你被谪出京城方才骈俪
解缆的一瞬，预示着一个时代已经结束
恩宠和奢华都留给了昨天，除了"将穷山海迹"
还有什么比宿命更好的安排值得期许？

天生不是重整乾坤的材料，也没有第二条
淝水让你运筹帷幄，将氐人赶回北方
正如满朝衣冠与器物的老朽令人厌倦
诤讼又如何替代日暮时分的鸟鸣？放下书卷
你唯一关心的是一双适合远足的木屐

带着干粮，杖策于野径和渺无人迹的林陬
驻足狭窄的一面只为了远眺开阔的另一面
枕岩漱流之时还可以暗自庆幸，丘壑之美
才是使你血流加速的理由。每一次登临
都是对一笔修辞旧账的全新盘点；每一次

深入都证明，还有一首诗鲜嫩如牡蛎
如果没有鲛人那超然的手指，谁能够
从浪尖上采拾？从红透的月亮召唤潮汐？
片片丹崖的石帆高挂，几乎要驶出瓯越
曲柄笠漂浮如转蓬，从北雁荡直到南雁荡

这一年，物事的消长和荣枯如此迅疾
清辉虽好，不足以抵御无常，好在悔吝尚远
严冬过后，枯槁的病体忽如"池塘生春草"
太守，不，客儿——山水中藏着你最隐秘的身份
是否诗运正转折于一场春梦？

2016 年 9 月 14 日

二 江心屿

乱流趋正绝，孤屿媚中川。

——谢灵运

它是一个发光体，一块青绿的石头
一条无人驾驶的虚舟
在乱流的中心，逆着乱流

它分开并清点是与否，又让彼与此合拢——
江岸的分泌物，树的尸体，人类的垃圾……
目送，而绝不挽留任何东西

楔形大脑的金刚杵磨亮水的悲智
遥想着青山隐隐的上游。那里，高处
一朵被点化的雪足以供养十方大地

而在这边，在喧嚣的市井的边缘
失魂落魄的人正准备着摆渡
去聆听一场落日般恢宏的开示

去把罪业在那净瓶下的瀑潭里洗尽
心的涛声早已收录在经卷里，被念诵
花蕾上，一只比空气轻的蜻蜓临风不动

现在，寺钟把壮阔的江面熨平
海上的星星渐次归来，环绕佛塔的尖顶
是的，黑暗降下时它是慈航

2016 年 9 月 21 日

三　雨中瓯柑花

栏外将花，居然俱笑。

——庾信

如果一个外地人在水边的客舍醒来
在四月的晨光里呼吸急促，在明亮的雨中
初放的瓯柑花足以乱其目力
仿佛满城的橘树一夜间全都疯了
那些挂着水珠的，扑闪的，从里面打开自己的铃铛
摇醒了他，使他想起节令的紧迫

宿醉的他，依稀梦见的夜话
锁在了甜腻的雾中，沉入陌生的塘河
那条前去打捞月亮的彩船似乎不打算回头
他并不知道，春风那染匠的女儿
叽叽喳喳，奔袭而来，夹岸布列枝头的灯盏

且已用暗香吹燃他的内脏

橘树并没有疯。它睇目而笑
瞧见那外地人来到窗前，仿佛夺胎换骨
"戒掉孤傲，走近她，一切都还来得及"

2016 年 9 月 23 日

四　论山水诗

一

山川悠远，可望而不可迫于眉睫
岩穴里幽卧的烟霞先生隐而不见
瀑布挂在石壁上，它冷淡地抖动
偶尔分泌出一匹短命而摄魄的彩虹
那又怎样？它迅速的枯萎不会引起
青苔的喟叹，它们只顾举着小小
绿火，到处庆祝泥炭部落或白齿
部落的胜利，刀片般飞翔的身影
在深潭里倏忽一过，也不曾激起
波澜。那么，遁迹山水是否假的
桃花源的一个借口，装点着慵倦的
老虎？而诗人只需在书斋里空想？

二

"大自然喜欢躲起来",山阴道上
邂逅一朵岩花的智者知道,除了
彼此照见的销魂没有别的销魂
一如夏夜,两个月亮迎面撞在一起
澄澈沿着天际的边缘散入三千世界
林泉喷涌而出,到处跳闪喜悦
聆听的石头却先于远响抵达内部
硕大的宁静。孤怀独往的人调息
望气,问道于背负大山的夜行者
他不可见的动静牵系着空的鸟巢
和飘在山巅一顶水母般的白帐篷
归源的冲动给他的心安上导航仪

三

诗是本地的演绎。例如,在温州
在山水诗的根据地,柳丝的婀娜

像无数搞怪的精灵披着乱发炫舞
其亮度治愈了冬雪覆盖的瞎眼
一个登楼的先驱恢复了元气，随口
吐出果核，匠心便不断催促绿意
裂变再裂变，直到千年后的我们
坐在这里，听着弦上咕哝的南戏
品着香茗，恍惚回到了某个元年
于是那舌尖上融化的远景萌蘖出
同样多的翳荟，同样繁盛的音节
温州裹在花衣里，无处不是山水

2016 年 9 月 29 日

166

当万物都走向衰败

元，太初者，气之始也。

——《易纬乾凿度》

银杏叶的小蒲扇折了扇骨，剑麻的利鞘弯曲，变钝

金星更坚硬，它冷淡的光逼视着尘世的真理并使之黯淡
  如火山灰

苍山降下第一场雪，而枯水中我闻到铁锈的气味

小熊猫避开观测站，宁愿饿死于蓝水晶的雪床

人类呢？采薇山阿，散发岩岫吗？应念而落的何止是梅花

抱着镍铁燃烧的橄榄陨石将两具骷髅并成了一具

非人间的，爱的模特，在新疆阜康戈壁滩完成了尽善尽
  美的殉葬礼

一亿年，是的，但在黑市里几只脏手正轮番在它的切片
  上取暖

天行健，是的，但今天我只筮得：履霜，坚冰至

167

十二月，曼德尔斯塔姆冻僵在二道河，龚自珍逃出京城，
　　一路南归
口袋里揣着天大的秘密，并惊异于无人觉察的奇术比隐
　　形墨水更隐蔽
"凤兮，凤兮"，还是刷屏吧，虚空里面又有虚空，量
　　子在宇宙中纠缠
第八识，阿赖耶识，派送到哪里？
而这狭长如乾令的缓坡地带还容得下我，采石丁丁，匠
　　人们在大理石上打磨黑夜
为死于心碎者，死于莫须有者，也为死有余辜者
傍晚收到微信：黑颈鹤正在飞往这里的途中，羽翅展开
　　如簧风琴
飞呀，当万物都走向衰败，我多想听见你的心跳

2016 年 12 月 1 日

双行体

一

被翻越的多雪的山脊，无名死者丰饶的夜航
白桦树燃起多支烛台，黎明洗劫了杜鹃花之梦

二

在我的耳朵里撞钟，你发明的那截断众流的句子
汩汩注入那消音器一般的葫芦

三

一个发不出声音的东西的回声，像一个被脐带
绞杀的词，在寂静的子宫里，震耳欲聋

四

火狐嗅着雪，兜更大的圈子，它不知道词语为何物
但它知道雪的味道远胜过人类谎言的口香糖

五

郊区破碎，如遭雷击。三个隐形人潜伏在洗足店门外
突然，说辞笨拙——摄像头坏了

六

将我的注意力从诗歌引开的东西戴着迷人的面具
而那面具的后面站着广阔的无名

七

飞碟云，放着光。给它足够的信号，足够的友善

几个摇晃着巨颅的影子就会下来，为地球送来灵魂

八

我看见那个墓道般的入口了，我猜想那里面将比
但丁的地狱更黑更深，且已经人满为患

九

这张床大如北方，带着我漂流，好客的鬼魂夜里出来
用哗哗的水声催我入眠，温暖如冰灯，我睡着了

十

告诉我，在公众事件中始终不吭一声的同行
是否从被抛弃的多数人那里赎回了本属于你的权利

十一

恐惧——断头台的遗产，被沉默继承了下来
我听说沉默家族人丁兴旺，日日以眼泪为粮食

十二

误入一个不受欢迎的聚会，仿佛跻身于饕餮鬼的宴席
我需要的是赶走苍蝇，我没有兴趣看它怎样作揖

十三

越挖越深的极权主义的矿井只通向坍塌
记忆黑如煤晶，光从你躯体的筛孔缓缓漏下

十四

黄昏，枯坐在山坡上。天空百科全书向我打开：
每一页都写着血红，血红，血红

十五

在"9·11"纪念馆的地下层，数千张死者的脸一齐凝视
　　着我
仿佛我们置身于同一条船的底舱，而上面是阳光和平静
　　的生活

十六

不确定性：我们这个时代的魅影
仿佛吹着水泡但从不露面的尼斯湖的怪物

十七

一个梦：被监测到的独裁者的基因图谱，在禁止
公开的档案里，用密码和隐形墨水写成

十八

他已学会在水面上刻字，他已学会用石头的冷眼瞧我们
这褴褛里的飞毛腿，几乎已追上了永恒

十九

一叶桨，横过暗礁掀起的千层幕墙，在恶鲨的牙齿
和灯塔的眺望之间，摆渡太阳

二十

长久地忍受一个词的磨难，直到它把你吐出
像一个硬核，在墓穴里发芽

二十一

石头不会自行挪动，暴露出压在它下面的阴影

除非找到另一块石头，另一个支点

二十二

如果你见过两只鹛鹕在水上跳起的爱之舞
你就理解了什么是宇宙的同步性

二十三

那陨落的，借我们的手捧起，又从指缝间漏下
这些曾经是星星的，眼泪一样滚烫的沙粒

2016 年 5 月　佛蒙特
2016 年 10 月　大理

佛蒙特营地
——给张桃洲

残雪，在不远处的山间，细如瀑布
这里也有火烧云，但比大理的要稍暗些
溪水在工作室的窗外欢乐地流淌
梳理着几只绿头鸭的白日梦
艺术家们搬进搬出，埋头于紧张的工作
而我更喜欢将漫长的午后用于散步
穿过廊桥走到溪流湍急处。钓鱼人
歪戴着帽子；几块大石头；一群戏水的男孩
松鼠从不读诗但精通腹语
今天，知更鸟的叫声听起来像"没有真相
只有一个青年绝望的呼喊"
我默念一个陌生人的名字，他的死
还有随之而来的任何无辜者的死
我的焦虑出自本能，我想你懂得
越过小镇公墓，一个老人平静地眺望着

仿佛坐在怀斯画中的门廊下，已经入定

他必有一个归宿，不像惶恐的我们

来此一周了才听说我住的那间是鬼屋

一只黑猫守在门口，要和我做朋友

这张别人睡过的大床，现在摊着书、电脑

和林中带回的几片北美慈姑叶（或许能辟邪）

夜里醒来我就念莲花生大师心咒

直到画眉鸟再次把我唤醒。对了，除了坏消息

并非什么都被一场反扑的雪堵在了路上

倘若你也看到溪畔的覆盆子刺藤上悄悄开放的

一蓬蓬白花，以及粉红的樱桃花，你将高兴

昨天我又去了拐角那家小书店，你要的

巴克斯特的书已从惠灵顿的码头运出

再过十天就将抵达中转站芝加哥了

2017 年 2 月

寻找黑山学院遗址
——致夏雨诗社的友人们

地图在我的手上打开，如一只大闪蝶
我们，昔日的诗社同人们脑袋相抵
在美丽的花纹间寻找着那座山

这是北卡罗来纳明媚的五月
而往昔，那些逝去的五月激情抛射
每个人都在奥尔森的诗里死过不止一回

约翰·凯奇不会知道
我们喜欢他是因为陶渊明
后者在无弦琴上听见的音乐

长成了我们的骨骼。我们大笑
当我们踩上雪雁们用粪便铺成的地毯
一座湖打开了藏在这山中的岁月

旧照片中的那棵梧桐树多么耀眼

该是赖斯和他的弟子们种下的

来吧，让我们也留个影，再去找那些林中小屋

2017 年 2 月 24 日

今日无诗

灵感抛下了我。绵绵不绝的

雨雪天气之后

彩虹并未出现

风，犹如鬼哭，盖住了音乐

我渴望的最高和弦在上行音阶上跌落

车与人碾过满地的玉兰花瓣

上面的瘀血在变暗，发臭

我读新到的诗歌杂志

同代人越来越令我迷惑

他们的智慧哪里去了？

厌烦和对峙的勇气哪里去了？

语言在发臭，我感到恶心

和无助，不理解哪怕是一行诗

而诗神抛下了我，正如

盲目与莽撞被道路抛下了

今天，又一个登山者冻死在苍山高处
我不知如何去哀悼
假如我推开桌子，看见的
依然是积雪上的落日
与悲怆

2017 年 2 月 27 日

通往冶山的路
——给张文质

鼓山熏着炙热的海风

旗山隐逸不出

榕树遮蔽着屏山和一些显要建筑

而于山和乌山镇在塔下

备受蝉鸣和游人的折磨

唯有冶山，低低悬在城市上空

像一架废弃的断头台

选择了遗忘

我们朝它走去又折返

每一条街道都将我们领向一堵墙

影子仿佛悖谬的真理

给双脚打上了死结

那想象的断头台的箴言如此惊悚

死路一条，直到善恶不再颠倒

只有偶然所见提醒着我们

有什么比退回原地透一口气

更荒唐、更畅快的事？

一个刚洗过澡的女人

将脏水泼到门外。一对祖孙

谈论着末日。而城里的每一座山

都离我们而去，叹息

像打出的一个水漂

瞬间就是黑夜

2017 年 2 月 28 日

赫拉克利特谈灵魂

我听说有十种以上的学说试图论证

它的存在，但都止于神秘，不可知

一定是逻各斯使你断定，每一物都充满了灵魂

你的感叹却自相矛盾：走尽世间每一条路

也找不到它的边界。那么它是否藏在大气

或暗物质里？在我们爱恨交织的易朽的体内

哪里是它的位置？倘若它像蜘蛛

在那网状结构的中心，哪里有疼痛

它就在哪里出现，那么意识又是什么？

抑或它仅仅等同于混沌的无意识

为权力意志和原始欲望所支配？

它有形状和重量吗？当你说"灵魂

在地狱里嗅着"时，我发现你动用了隐喻

在这里，我们接近了问题的本质：

如何言说不可言说者？一如嗅着地狱

而不被地狱的恶臭熏倒。但那鼻子
不该是你单向度地安在灵魂上的器官
因为在对应宇宙里，在时间的皱褶中
尤其在如今这个颠倒的时代，恰恰是地狱
在到处嗅着我们身上死亡的气味
是的，"灵魂的根源是那么深！"我重复着
你的感叹，并不知道在你停下的地方
用什么去探测它的深度。倘若生命诞生于它
又以它为归宿，并且欢乐是它的属性
那么你赞美的一团活火将与它合一
为何痛苦总是更持久，更有力地存在？
它燃烧着，除了毁灭什么也不要
告诉我，伟大的隐居者，身上涂满牛粪的
预言家，当水肿病使你受苦，你是否
用哑谜呼唤过逻各斯那统治一切的药剂师
吸干你体内的洪水，并按照你的意愿
使灵魂纯净，干燥，如无人到过的沙漠？

2017 年 3 月 6 日

死亡诗人家族

有时我想，他们都去往同一颗星球

摆脱了道德和引力的重负，轻盈而自由

对我们这里不再适应。那儿同样有雪

但从不会酿成灾难，六出的晶体像六翼天使

簌簌滑过沉默之篱，像他们温柔的交谈

不再有隐秘的羞耻啃咬他们的内心

不再有锡安，使他们在约旦河边哭泣

无论先后，在光辉的心灵城邦里

诗人们倘佯着，做着永恒的白日梦

每一个都是守护者和宇宙事物的协作者

没有奥斯维辛和克里玛，没有腥风

吹来难以启齿的该隐狱的气味

那里——如我们所知，以末日为边界

恐怖和妆残以神圣的名义进行

但心灵的城邦没有边界，语言之波

那完美的同心圆不断扩散，抵达我们

布满灾难、贫瘠和战争的大地

抵达我们的睡梦（它通常被怀疑、怨恨

和贪欲之海所控制）

梦中我们仿佛溺水者

置身于荒岛，绝望中找到一台不知是谁

遗弃的收音机，双手颤抖着触到了旋钮

在重重干扰噪音的火墙后面，一个声音

如此微弱，携带着海藻般的绿光

如此遥远，外星亲戚用加密的暗号一遍遍

应答着我们，告诉我们如何醒来

2017 年 3 月 9 日

阮籍来信

不彻底是我的护身符，因为我厌烦
瞧我每天与之周旋的都是什么样的物类？
剑，不祥的宝贝，倚在天外，就让它倚着吧
谁若比我更矛盾，谁就配得上与我对刺
君子远庖厨？可我最喜欢的地方是厨房

我吃着，喝着，苟活着，时不时玩着
佯醉的把戏，抱住酒这个人间最美的尤物
我好色，但觊觎邻人的美妇让我齿寒
虱子愿意待在我的裤中就让它待着好了
我的躯壳不也一样，曳尾在泞溺的世界里

小东西总是让我着迷，何况嵇康死后
宇宙自身也在迅速缩小。从桑树飞向榆树
鹦雀的羽翼又短又笨拙，却已量尽生死

我爱庄周，但黄鹄飞得太高，不适合我
在这个逼仄的时代，我的形象就是尺蠖

虚弱，失眠，哭穷途而返的岂止我一人？
别再相信那些关于风度的传言了！我憋得很
只想在野外独自待着，解小便，透一口气
从苏门山归来，孙登的长啸萦回在耳际
我大概成不了仙，把自己埋进诗里却难说

也请你别再提什么五石散的妙用吧！
昨夜，我梦见与一只猩红的长臂猿搏斗
我输了，冒汗，被压得喘不过气。吉乎？凶乎？
果然他又来了，那虚伪的同行，佞幸的侦探
我只能收拾起坏心情，将青白眼转动

2017 年 3 月 11 日

绿孔雀

不是在动物园的笼子里开屏的
贵妇般的蓝孔雀，不是时髦的宝石蓝
而是祖母绿的波浪
泼溅在你们光滑的羽衣上

还剩下几只？在地球上，在云南
这寥若晨星的华丽家族
恐龙的表亲，凤凰的姐妹
移动在春日傍晚的河滩

两侧是季节性雨林的包厢
曾经多么富足，部落的庆典
集体的求欢。彩翼在身后缓缓打开
绕着爱人旋转，波动，震颤

直到一个卵形的太阳

睡在苏铁的伞骨撑开的帐篷里

你们的脖子摩挲又摩挲，小小的脑袋

摇晃，如拨浪鼓，甩出雨珠

天生的仙禽，生物链中

最脆弱，最不苟且偷生的一环

当你们沿河滩奔跑，从嘎洒江

绿汁江和石羊江，向着上游

没人告诉你们为何河床干涸

石雨往下落，而不是油亮的水滴

你们盲目地奔跑着，寻觅着

喉咙干燥，但每根羽毛都在尖叫

2017 年 3 月 20 日

观音菩萨诞日的云

我们站在屋顶。于是方圆
一百二十里的风景便雀跃着
围拢而来，将我们观摩

各路菩萨化身成一千个本地匠人
不，一万个。叮叮咚咚，各司其职
鸟儿们倾巢而出，调试树的音箱

樱花冬眠醒来，撕开玻璃罩
高山杜鹃吸足了雪奶
抱成团，兰与蕨被挤得透不过气来

雾沿着山脊，争先恐后地攀登
仿佛去赶庙会。长吻松鼠藏起了隐仙路
背草人下山来，望见自己的村落

也望见了洱海。一艘大游轮
正在波浪的碎片上缝纫光
而电力风车则在对岸山头上纺纱

起初是一条几乎看不见的细线
被抽出来，抛向空中，在风中抖动
上色，在太阳的七彩染缸里

装修工在附近的屋顶上撅起屁股忙碌
香客们熙攘着把观音堂变成了烤烟房
节日已使人人血液上涌，所以

顾不上抬头看天。当钟声响起
紫外线突然变出戏法，光年外有人在拨弄
我们的星球。飞天开始入场了

云，从我们的眼睛逸出，播放电影
一个曼陀罗绕着天心缓缓地旋转，绽放
信者和不信者都惊呆了，为那瞬间显灵

2017 年 3 月 24 日

为大理而写的旅游广告

云路过这里，太阳路过这里
朝圣者路过这里进入藏区
珠宝商人路过这里去往缅甸
背包客在路边招手，但他错了
来到这盛产彩虹与菩萨的小城
他不该匆忙得像个推销员
遮阳帽被后视镜甩出十米

黑颈鹤路过这里，红嘴鸥
打算路过，但来了就不想走
爪被波浪咬住，挣也挣不脱
火车路过这里时，飞机正
驾着一朵祥云稳稳地着陆
假如里面坐着无情和傲慢的人
贸易风就会把他抛还给乌云

瘾君子路过这里爱上了毒蘑菇

骗子路过这里继续去行骗

风季路过这里，雨季路过这里

众生都从各自的命里路过

当落叶纷纷投掷秋冬的武器

从不路过的是花，不舍昼夜地开

大大咧咧，把四季开成了五季

这就是那座流浪汉向往的城

鹰从不下山，掌管着天上的事物

偶尔扔下闪电，曝光阴暗面

假如你路过这里，千万不要害怕

因为马上就会云开雾散

恶时辰将得到好天气的赦免

看啊，一片孤帆驾驭着洱海

2017 年 3 月 25 日

反进化论

达尔文不能说服我，并非因为

他把我们与老鼠相比

而是我看到在地球实验室里

人正退化成猴子，并为争抢一只香蕉

而丧失了百科全书定义的可怜的人性

他强加给我们的法则是血腥与残酷

仿佛可怖的加拉帕戈斯群岛竞技场

最适合居住，而别的岛屿只能灭绝

在这里，我必须公开一项指控：

如果天空是笼子，而笼子在寻找鸟

（如卡夫卡所言），那么，所有的鸟

都将成为陈列柜里的同一只标本

我为生物多样性而欢呼，共生是我们

唯一的天堂。当宇航员到达火星

或更远的外层，他将为通往他人的旅程

隔着天文数字组成的忘川而痛苦
我想起我看见一只昆虫感到危险时
尾部亮起的两盏灯。我不认识它
但知道它是在发出求助的信号

2017 年 3 月 27 日

内在的人

光，盲如瞎子
直刺我们的器官
灵魂在曝光前被恐惧绑架了
这奴隶，蹲在喑哑的身体的
某个栅栏后面

船从雾中驶来，没有艄公

我们的肋骨
撑起一座座人字形
与星空接壤
摇撼渐渐弱了下去——
结石，在胆囊里
亮如珍珠，已被痛苦养成

摇撼！摇撼！
他要出去，回到
冥界大记忆，一个非辖区
这怪客，假借的我
复活节岛上的星光之刺
撬开被锁住的，剔除了
多肉的和不洁的
吸盘

像深海采珠人回到
消了磁的海面
指南针再也不来
扫描他的夜
我们，回声采集者
听见了第二次死亡

2017 年 3 月 30 日

摘录一位父亲的留言

超渡含冤的，陪伴将死的
帮助他呼吸，深深地吸入
苦胆里的大海

对于那些肮脏的手
对他说：停止！
小心掌心发黑，血管爆裂
数数他的指甲——十个
不多不少，足够代表
十宗罪

给假装看不见的送上隐形眼罩
祝他心无挂碍，睡得安稳
侧过身，给臭鼬让道
但捂上嘴。对说"是"的说"不"

用你学会的新的语言

守夜，守住所剩的
别等爽约的，别站在镶嵌着
耳形贝壳的墙下
有一天，陌生人前来
测量你的身体
不要动，因为时候到了

如果这些都太难，那么，沉默
你该做得到。你已高及门楣

2017 年 3 月 31 日

我有太多的死者

我有太多的死者，我需要他们
但与他们保持着适度的距离

只要能感觉殷切的张望
离此不远，像一排树站在雨中

我就安心地做自己的事
忘记了昨夜梦中的凶险

一日将尽，一个词卡在了键盘上
灵感消失，像彗星灰溜溜的尾巴

他们中的一个（通常是我父亲）
就推开我，猝不及防

事情发生了变化

词跳了出来，在我起身之后

在雨和雨的间隙

一道光突破了密云的防线

2017 年 4 月 4 日　清明节

从此大海不再荒芜

精卫那样填海是一回事
在海面上播种是另一回事
誓言的黄金烧成了炉灰
被小心播撒
这含磷的、新鲜的炉灰
这赎回的、余温尚存的骨髓
小火星还在跳呢

盒子光可鉴人
她抱在怀里
施炉工的指纹
一圈圈，细如波段
他尽了力
他懂得死亡的尺寸

空海螺，空海螺

灌满回声

最后一夜是初夜

她听见空

那另一种满

大海也听见了灵的召唤

"公正的正午"在这里

迎候殉难者

海神遣派的每一个细胞

都在托举——那艘从率土之滨

租来的船。回头望去

土地和天空也烧成灰的

风暴，来自海底

给罪人施了洗

现在开始吧，从指缝间

撒下去，听从那

无敌的指令，将恨

也撒下去，经纬线

那一个个十字浮上来

海豚深深鞠躬

巨鲸在一侧护航

海百合亮起长明灯

从此大海不再荒芜

2017 年 7 月 19 日

截句

一 对位法

雨中黄水仙，红墙下的低音部
喷薄的双虹，日子的最高和弦

二 不语日

今天我们不说话，我们哼
一支无词的歌，因为词已被夺走
我们哼，我们哼，像蚊子

三 沩仰宗

谁是镜子的主人？沩山问
当仰山送给沩山一面镜子
无人回答，月亮飘过灵塔

四 读《金狮子章》

在女皇眼中，狮子多到无限
她不知道，所有的狮子
都统摄于唯一的黄金

五 还不到最后，还不是结局

乌鸦那黑色的雪
落下来
夜更黑了

六　怀人

薄薄的月色
一封航空信
塞进了门缝

七　荡山感通寺

山水灵药曾经飘香
在一只隐遁的钵里

八　洗澡

从林子里带回的野兽的气味
青苔的气味，混合于
你身上香皂的气味

九 厂区外

这条流向沼泽地的河
在毒太阳的黑胶片上闪亮
冥界的河

十 黎明

火绒草呵护着无眠
钻孔机在耳朵里挖掘寂静
痛翻了个身，鸡鸣不已

十一 祭从兄文禄

载鬼一车的夜行，山川如故
骨髓激荡如海，面无惭色
万里之外我听见了你的牺牲

十二 一日将尽

猫占据了我的位置
趴在键盘上胡写一首藏头诗
鼠标在一旁观望着，不吱一声

十三 青海随想

自从诗人昌耀离我们而去
再也没有人从卡日曲那
秘密的泉眼中照见过自己

十四 变暗的滑雪场

山地自行车队像史前人类
绕着石壁艰难地挺进
上面，山慈姑的叶子沙沙响

十五 天鹅之眼

雨后，河边的小教堂
像一只刚洗过澡的白天鹅
塔楼钟表的彩绘圆盘：
天鹅之眼

十六 现场

真相得意地拍着哑巴的肩膀：
说吧，说出你所看见的

十七 途中的渴

哈德逊河上的落日
旅人眼中的冰激凌

十八 仿箴言

死亡宽恕了生者
上帝宽恕了死亡

十九 烧给孤魂野鬼

祭鬼的余烬中火焰闪烁
孩子，别去踩踏
小心它夜里割你的舌头

二十 总有人走在最后

在难民的队列里他走在最后
他小心翼翼地挪动脚踵
以免踩到前面倒下的身体

二十一 银匠铺

一只蝴蝶落在铁砧上
正当淬火的银针扎进水的皮肤

二十二 夏夜

一场闪电派来的雨
潜入我的梦中
某支神秘的军队在过境

二十三 草原

饥饿寻找着一匹狼
它四处转悠，朝着月亮哀吼
一朵藏红花亲吻了它
窄窄的额骨

二十四 雪

好雪非雪
好雪不落别处

二十五 丐帮节

狗酣睡在打狗棍旁
太阳赦免了贫穷与慵懒

二十六 入秋

秋天的大地安静了下来
听，蟋蟀在罐子里喝水

二十七 登山夜归

夜气湿空山，繁枝没归鸟

萤火虫小小的灯笼

摇曳在林中路

二十八 在狄金森故居

一个多世纪之后

艾米莉·狄金森的信封诗

依旧保持着飞行的姿势

二十九 别睡

大眼圆睁

每一夜都是守灵夜

三十 自由落体

一切下面的都来自上面，包括撒旦

2016 年—2018 年

216

秘访

普通的村庄，安静在这里统治
甚至没听到一声犬吠
尊者，你出生的那间房子
坐落在八座莲花山的中心
世界地图上不会有它的名字
我闯入的是一个空的地址
当年他们找到你，凭借的是瑞象
而为我导航的是友谊和信心
脱鞋，跨过门槛，双手合十
用额头触碰你穿过的僧袍
我不是信徒，该怎样为你祈祷？
我不是信徒，为什么含着眼泪？
尊者，你是一只刺猬，就住在山那边
如果你是穿山甲该有多好
就能穿越禁区的边界回来

2018 年 6 月 27 日

217